长篇小说

严歌苓 作品

陕西师范大学出版总社有限公司

引 子

　　我的姨妈孟书娟一直在找一个人。准确地说，在找一个女人。找着找着，她渐渐老了，婚嫁大事都让她找忘了。等我长到可以做她谈手的年龄，我发现姨妈找了一辈子的女人是个妓女。在她和我姨妈相识的时候，她是那一行的花魁。用新世纪的语言，就是腕儿级人物。

　　一九四六年八月，在南京举行的对日本战犯的审判大会上，我老姨几乎找到了她。她坐在证人席上，指认日军高级军官的一次有预谋的、大规模的强奸。

　　我姨妈是从她的嗓音里辨认出她的。姨妈挤在法庭外面的人群里，从悬在电线杆上的高音喇叭里听见了她的证词，尽管她用的是另一个名字。

从法庭外进入审判厅,花费了我姨妈一个小时。五十六年前,八月的南京万人空巷,市民们宁可中暑也要亲自来目睹耳闻糟践了他们八年的日本人的下场。审判大厅内外都挤得无缝插足,我年轻的姨妈感觉墙壁都被挤化了,每一次推搡,它都变一次形。日本人屠城后南京的剩余人口此刻似乎都集聚在法庭内外,在半里路外听听高音喇叭转达的发言也解恨。

我的书娟姨妈远远看见了她的背影。还是很好的一个背影,没给糟蹋得不成形状。书娟姨妈从外围的人群撕出一条缝来到她的身后,被上万人的汗气蒸得湿淋淋的。姨妈伸出手,拍了拍南京三十年代最著名的流水肩。转过来的脸却不是我姨妈记忆里的。这是一张似是而非的脸;我姨妈后来猜想,那天生丽质的脸蛋儿也许是被毁了容又让手艺差劲的整容医生修复过的。

“赵玉墨!”届时只有二十岁的孟书娟小声惊呼。叫赵玉墨的女人瞪着两只装糊涂的眼睛。

“我是孟书娟啊!”我姨妈说。

她摇摇头,用典型的赵玉墨嗓音说:“你认错人了。”三十年代南京的浪子们都认识赵玉墨,都爱听她有点跑调的歌声。

我的书娟姨妈不屈不挠,挤到她侧面,告诉她,孟书娟就是被赵玉墨和她的姐妹们救下来的女学生之一啊!

不管孟书娟怎样坚持，赵玉墨就是坚决不认她。她还用赵玉墨的眼神儿斜她一眼，把赵玉墨冷艳的、从毁容中幸存的下巴一挑，再用赵玉墨带苏州口音的南京话说："赵玉墨是哪一个？"

说完这句，她便从座位上站起，侧身从前一排人的腰背和后一排人的膝盖之间挤过去。美丽的下巴频频地仰伏，没人能在这下巴所致的美丽歉意面前抱怨她带来的不便。

书娟当然无法跟着赵玉墨，也在后背和膝盖间开山劈路；没人会继续为她行方便。她只能是怎么进来的就怎么出去。等书娟从法庭内外的听审者中全身而退，赵玉墨已经没了。

也就是从那次，我的书娟姨妈坚定了她的信念，无论赵玉墨变得如何不像赵玉墨，她一定会找到她和她十二个姐妹的下落。有些她是从日本记者的记载中找到的，有些是她跟日本老兵聊出来的，最大一部分，是她几十年在江苏、安徽、浙江一带的民间搜寻到的。

她搜集的资料浩瀚无垠。在这个资料展示的广漠版图上，孟书娟看到了一九三七年十二月十三日南京亡城时自身的坐标，以及她和同学们藏身的威尔逊福音堂的位置。资料给她展示了南京失陷前的大画面，以及大画面里那个惊慌失措的、渺小如昆虫的生命——

这就是我十三岁的姨妈，孟书娟。

一

孟书娟一下子坐起来。紧接着她就发现自己已经站在铺位旁边。时间大约是清晨五点多，或者更早些。更早些，至多四点半。她不是被突然哑了的炮声惊醒的；万炮齐喑其实也像万炮齐鸣一样恐怖。她是被自己下体涌出的一股热流弄醒的。热流带着一股压力，终于冲出一个决口，书娟就是这时醒的。她的初潮来了。

她赤着脚站在地板上，感觉刚刚还滚热的液体已经冰冷冰冷。她的铺位左边，排开七张地铺，隔着一条过道，又是七张地铺。远近的楼宇房屋被烧着了，火光从阁楼小窗的黑色窗帘透进来，使阁楼里的空间起伏动荡。书娟借着光亮，看着同学们的睡态，听着她们又长又深的呼吸；她们的梦里仍是和平时代。

书娟披上棉袍,向阁楼的门摸去。这不是个与地平线垂直的门,从楼下看它不过是天花板上一个方形的盖子,供检修电路或屋顶堵漏的人偶然出入的。昨天书娟和同学们来到威尔逊教堂时,教堂的英格曼神甫告诉她们,尽量待在阁楼上,小解有铅桶,大解再下楼。

方形盖子与梯子相连,其中有个巧妙的机械关节,在盖子被拉开的同时,把梯子向下延伸。

昨天下午,英格曼神甫和阿多那多副神甫带着书娟和威尔逊女子学校的十六个女学生赶到江边,准备搭乘去浦口的轮渡。到了近傍晚时分,轮渡从浦口回来,却突然到达了一批重伤员。重伤员都伤在自己人枪弹下,因为他们在接到紧急撤退命令从前线撤到半途时,却遭遇到未接到撤退令的友军部队的阻击。友军部队便把撤退大军当逃兵,用机枪扫,用小钢炮轰,用坦克碾。撤退大军在撤离战壕前已遵守命令销毁了重型武器,此刻在坚守部队的枪口前,成了一堆肉靶子。等到双方解除了误会,撤退部队已经伤亡数百。坚守军或许出于内疚,疯了一样为吃了他们子弹的伤号在江边抢船。神甫和女学生们就这样失去了他们的轮渡。

当时英格曼神甫认为夜晚的江边太凶险,有枪的鸣枪,有刀的舞刀,他相信日本兵也不过如此了。于是,他和阿多那多副神甫带队，教堂雇员阿顾和陈乔治护驾，穿小巷把书娟和同学们又带回了教堂。他向女学生们保证，等天亮的时候一定会找到船，实在找不到，还剩一条后路，就是去安全区避难。据英格曼神甫判断，南京易守难攻，光靠完好的城墙和长江天险，谁想破城都要花个几天时间。

孟书娟在之后的几十年一次次地、惊悚地回想：一九三七年十二月的中国首都南京竟失陷得多快呀！当时已经历了一大段人生的英格曼神甫在自己的微观格局中误解了局势，使他和女学生们错过了最后的逃生机会。

这是一个致命的错过，它注定需要一场巨大的牺牲来更正。

十三岁的孟书娟顺着阁楼口端的木梯子"嘎吱嘎吱"地下来。她的脚落在《圣经》装订工场的地面上，感到黏湿刺骨的十二月包裹上来，除了远处偶然爆出的几声枪响，周围非常静，连她自己身体的行进，都跟黑暗发出轻微得摩擦声。此刻她还不知道这静静得不妙，是一座城池放弃挣扎，渐渐屈就的静。

书娟走在湿冷的安静中，她的脚都认识从工场这头到那头的路。一共二十二张案子，供学生们装订《圣经》和《讲经手册》所用。现在跟书娟留在教堂的女同学大多数都是孤儿，只有两个像书娟这样，父母因故耽搁在国外和外地。书娟认为这些父母是有意耽搁的，存心不回到连自己政府和军队都不想要了的首都南京。

就在书娟赤裸下身，站在马桶前，好奇而嫌恶地感到腹内那个秘密器官如何活过来，蠕动抽搐，泌出深红色液体时，完全不清楚威尔逊福音堂的高墙外，是怎样一个疯狂阴惨的末日清晨。成百上千打着膏药旗的坦克正在进入南京，城门洞开了，入侵者直捣城池深处。一具具尸体被履带轧入地面，血肉之躯眨眼间被印刷在离乱之路上，在沥青底版上定了影。此刻十三岁的孟书娟只知是一种极致耻辱，就是这注定的雌性经血；她朦胧懂得由此她成了引发各种邪恶事物的肉体，并且这肉体不加区分地为一切妖邪提供沃土与温床，任他们植根发芽，结出后果。

我的姨妈孟书娟就是在这个清晨结束了她浑沌的女童时代，她两腿被裆间塞的一块毛巾隔开了距离；她就是迈着这样不甚雅致的步子走到外面。哥特式的教堂钟楼在几天前被炸毁了，连同教堂朝着街道的大门一块塌成了一堆废墟，此后出入都是靠一个小小的边门。某处的火光衬映着那坍塌的轮廓，沦为废墟也不失高大雄伟。主楼跟她所在工场相隔一条过道，过道一头通向边门，另一头通往主楼后面的一片草坪。英格曼神甫爱它胜于爱自己的被褥，自豪地告诉他的教民，这是南京最后的绿洲。几十年来供教民们举行义卖和婚丧派对的草坪上，眼下铺着一张巨大的星条旗和红十字旗。草坪一直绵延到后院，若在春夏，绿草浮载着英格曼神甫的红色砖房，是一道入得童话的景观。东边起了微弱的红霞。

这是一个好天。很多年后，我姨妈总是怨恨地想：南京的末日居然是一个好天！

孟书娟迈着被毛巾隔离的两条腿，不灵便地走回《圣经》工场。爬上楼梯后，她马上进入梦乡的和平。

天微亮时，女学生们都起来了。是被楼下爆起的女人哭闹惊醒的。

阁楼有三扇扁长形窗户，都挂着防空袭的黑窗帘和米字纸条。纸条此刻被女学生们掀开了。从那些小窗可以勉强看到前院和一角边门。

书娟把右脸蛋儿挤在窗框上，看到英格曼神甫从后院奔向边门，又宽又长的起居袍为他扬着风帆。英格曼神甫边跑边喊："不准翻墙！没有食品！"

一个女学生们大着胆子把窗子打开。现在她们可以轮挨着把头伸出去了，边门旁的围墙上坐着两个年轻女人，穿水红缎袍的那个，像直接从婚床上跑来的新嫂嫂。另一个披狐皮披肩，下面旗袍一个纽扣也不扣，任一层层春、夏、秋、冬各色衣服乍泄出来。

女孩们在楼上看戏不过瘾，一个个爬下梯子，挤在《圣经》工场的门口。

等书娟参加到同学的群落中，墙上坐着的不再是两个女子，而是四个。英格曼刚才企图阻拦的那两个，已经成功着陆在教堂的土地上。连赶来增援的阿顾和陈乔治都没能挡住这个涕泪纵横的先头部队。

英格曼神甫发现工场门口聚着一群窃窃私语的女学生，马上凶起来，对阿顾说："把孩子们领走，别让她们看见这些女人！"他那因停水而被迫蓄养的胡须有半厘米长，所以他看起来陡然增高了辈分。

书娟大致明白了眼前的局面，这的确是一群不该进入她视野的女人。

女孩中有那些稍谙世故的，此刻告诉同学们："都是堂子里的。""什么是堂子？""秦淮河边的窑子嘛！"……

阿多那多副神甫从主楼冲出来，跑着喊着："出去！这里不收容难民！"他比英格曼神甫年轻二十多岁，脸比岁数老，头发又比脸老。他名字叫法比，教民们亲热起来，叫他扬州法比。法比地道的扬州话一出口，女人们和哭闹恳求便突然来了个短暂停顿。然后她们确信自己耳朵无误，喊出与菜馆厨师、剃头匠一样字正腔圆的扬州话，确实是眼前凹眼凸鼻的洋和尚。

一个二十四五岁的窑姐说:"我们是从江边跑来的!马车翻了,马也惊了。现在城里都是日本兵,我们去不了安全区!"

一个是十七八岁的窑姐抢着报告:"安全区连坐的地盘都不够,就是挤进去,也要当人秧子直直地插着!"

一个浑滚滚的女人说:"美国大使馆里我有个熟人,原来答应我们藏到那里头,昨天夜里又反悔了。不收留我们了!姑奶奶白贴他一场乐呵!"

一个满不在乎的声音说:"日他祖宗!来找快活的时候,姐姐们个个都是香香肉!"

书娟让这种陌生词句弄得心乱神慌。阿顾上来拉她,她摔开了。她发现其他女孩已经回到阁楼上去了。伙夫陈乔治已得令用木棒制止窑姐们入侵。他左一棒、右一棒地空抡,把哀求退还给女人们:"姐姐们行行好!你们进来也是个死!要么饿死,要么干死。学生们一天才两顿稀的,喝的是洗礼池的水,行行好,出去吧!……"木棒每一记都落在水门汀地面上和砖墙上,一记记回震着他的虎口和手腕,最疼的是他自己。先上来的女人用石头把墙头插的碎酒瓶、烂青花碗茬子敲下去。

那个二十四五岁的窑姐突然朝英格曼神甫跪下来,微微垂头,于是孟书娟就看见了这个她终身难忘的背影。这是个被当做脸来保养的背影,也有着脸的表情和功用。接下去和这女人相处的时间里,书娟进一步发现,不仅是她的背;她身上无一闲处,处处都会笑、会怨、会一套微妙的哑语。此刻孟书娟听着英格曼神甫穷尽他三十年来学的中文,在与她论争,无非还是陈乔治那几句:粮没有,水没有,地盘也没有,人藏多了安全也没有。英格曼词不达意时,就请法比把他的中国话翻译成扬州中国话。

女人跪着的背影生了根,肩膀和腰却一直没有停止表达。

她说:"我们的命是不贵重,不值当您搭救;不过我们只求好死。再贱的命,譬如猪狗,也配死得利索、死得不受罪。"

不能不说这背影此刻是庄重典雅的。说着说着,盘在她后脑勺上的发髻突然崩溃,流泻了一肩。好头发!

英格曼神甫干巴巴地告诉她,他庇护的女学生中,有几人的父母是上流人士,也是他教堂多年的施主。他们几天前都发过电报来,要神甫保护她们免受任何方面的侵害。他一一发回电报,以他的生命作了承诺。

法比失去了耐心,还原成扬州乡亲了。他用英文对英格曼神甫说:"这种语言现在是没法叫她们懂的!必得换一种她们懂的语言——陈乔治,让你演戏台上的孙猴子呢?打真格的!"

阿顾早就放弃扭送书娟了。此刻他扑出去,打算夺过陈乔治手上做戏舞动的木棒。一个女人坠楼一般坠入阿顾怀抱，差点儿把阿顾的短脖子彻底砸进胸腔。女人顺势往跌倒的阿顾身上一睡，癞癞斑驳的貂皮大衣滑散开来，露出一线净光的身体。缺见识的阿顾此生只见过一个光身女人，就是他自己的老婆，这时吓得"啊呀"一声号叫，以为她就此成了一具艳尸。趁这个空当，墙头上的女人们都像雨前田鸡一样纷纷起跳，落进院内。还剩一个黑皮粗壮的女人，从墙外又拽上三四个形色各异、神色相仿的年轻窑姐。

法比一阵绝望："还得了啊！秦淮河上一整条花船都在这里靠岸了！"无论如何他是神职人员，动粗是不妥的，只能粗在话上。他指着女人们大声说："你们这种女人怕么事啊怕？你们去大街上欢迎日本兵去啊！"

好几个女人一块回嘴："还是洋和尚呢！怎么这样讲话！""想骂我们好好骂！这比骂人的话还丑啊！……"

阿顾想从不死不活的女人胳膊里脱身，但女人缠劲很大，两条白胳膊简直就是巨形章鱼的须，越撕扯缠得越紧。

英格曼神甫看到这香艳的洪水猛兽已势不可当，悲哀地垂下眼皮，叫阿顾干脆打开门。

书娟看着那个姣好背影慢慢升高，原来是个高挑身材的女子。此刻，被扫得发青的石板地面给这群红红绿绿的女人弄污了一片。女人们的箱笼、包袱、红粉黄绿的绸缎被盖也跟着进来了，缝隙里拖出五彩下水似的发绳、长丝袜和隐私小物件的带子。

我姨妈书娟此时并不知道，她所见闻的是后来被史学家称为最丑恶、最残酷的大屠杀中的一个细部。这个细部周边，处处铺陈着南京市民的尸体，马路两边的排水沟成了排血沟。她还得等许久才知道好歹，知道她是个多幸运的孩子，神甫和教堂的高墙为她略去多少血淋淋的图景和声响；人头落地，胸膛成为一眼红色喷泉时原是有着独一无二的声响。

她站在工场门口，思绪突然跑了题：要不是她父母的自私、偏爱，他们怎么可能在这个时刻单单把她留在这里，让这些脏女人进入她干净的眼睛？她一直怀疑父母偏爱他们的小女儿，现在她可以停止怀疑了；他们就是偏爱她的妹妹。父亲得到一个去美国进修的机会，很快宣告他只能带小女儿去，因为小女儿还没到学龄，不会让越洋旅行耽误学业。母亲站出来声援父亲，说更重要的是想请美国的医生给小女儿治治哮喘。父母都劝说书娟，一年是很快的，转眼间就是一家四口的团聚。真是很想得开，早早为受委屈的一方想开了；为承受不公道的大女儿宽谅了他们自己！

远在宁波乡下的外婆和外公本来要逃到南京来避难，顺便照顾书娟，但一路上兵荒马乱，往西的水路、陆路都是风险,八百多公里的旅程会是一场生死赌局,再说老人们自知他们的庇护并不强于英格曼神甫和他的美国教堂。他们在电报里还惦记书娟的功课,跟同学们一道,好歹不会荒了学业。

书娟在不快乐的时候总会想到些人去怨怪,她心里狠狠怨怪着父母,甚至妹妹书嫚,眼睛却进一步张大了:这个妖精是怎么了?死在阿顾怀里了!貂皮大衣的两片前襟已彻底敞开!灰色的清晨白光一闪,一具肉体妖形毕露,在黑色貂皮中像流淌出来的一摊不鲜鲜的牛奶。她赶紧缩回门里。

站了很久,书娟脸上的臊热才褪下去。这种不知臊的东西要十个书娟来替她害臊。

书娟逃一样攀爬梯子,回到阁楼上。女孩们还挤在三个小窗前面。所有米字形纸条都被揭下来,黑色窗帘全然撩开,三个扁长窗口成了女孩们的看戏包厢。楼下的局面已不可收拾,女人们四处乱窜,找吃的、找喝的、找茅房。一个窑姐叫另一个窑姐扯起一面墨绿色上等绿绒斗篷,对洋和尚们抱歉说,一夜都在逃命,不敢找地方方便,只好在此失体统一下了。说着她谢幕一般消失在披风后面。

法比用英文叫喊:"动物!动物!"

英格曼神甫活了近六十年,光是在中国就经历过两场战乱:北伐、军阀,可他从来不必目睹如此不堪的场面,不必忍受如此粗鄙低贱的人等。神甫有个次要优点，就是用他的高雅战胜粗鄙，于是对方越粗鄙，他也就越高雅；最终达到雅不可耐，正如此刻，他用单调平稳的嗓音说："请你克制，阿多那多先生。"然后他扭过脸，对着窑姐们，包括那个刚从绿绒斗篷后面再次出场，两手束着裤带一脸畅然的窑姐，咬文嚼字地说："既然诸位小姐要进驻这里，作为本堂神甫，我恳求大家遵守规矩。"

法比用一条江北嗓门喊出英语："神甫，放她们进来，还不如放日本兵进来呢！"他对两个中国雇工说："死活都给我撵出去！看见没有？一个个的，已经在这里作怪了！"

腰身圆润的窑姐此刻叫了一声："救命啊！"

人们看过去，发现她不是认真叫的，目光带一点无赖的笑意。

"这个骚人动手动脚！"她指着推搡她的阿顾说。

阿顾吼道："哪个动你了？！"

"就你个挡炮子的动老娘了！"她把胸脯拍得直哆嗦。

阿顾反口道："动了又怎样？别人动得我动不得？"

人们看出来，阿顾此刻也不是完全认真的。

"够了。"英格曼神甫用英文说道。阿顾却还没够，继续跟那个窑姐吵骂。他又用中文说："够了！"

其实英格曼神甫看出陈乔治和阿顾已暗中叛变，跟窑姐们正在暗中里应外合。

法比说:"神甫,听着……"

"请你听着,放她们进来。"英格曼神甫说。"至少今天一天让她们待在这里,等日本人的占领完成了,城市的治安责任由他们担当起来,再请她们出去。日本民族以守秩序著称,相信他们的军队很快会结束战斗的混乱状态。"

"一天不可能结束混乱状态!"法比说。

"那么,两天。"

英格曼神甫说着转过身,向自己居处走去。他的决定已经宣布了,因此他不再给任何人讨论的余地。

"神甫,我不同意!"法比在他身后大声说。

英格曼神甫停下来,转过身,又是雅不可耐了。他淡淡地回答法比:"我知道你不同意。"然后他再次转身走去。他没说的话比说出的话更清楚:"你不同意要紧吗?"这时候英格曼神甫以高雅显出的优势和权威是很难挑战的。法比·阿多那多生长在扬州乡下,是一对意大利裔的、美国传教士的孩子,对付中国人很像当地大户或团丁,把他们看得贱他几等。英格曼神甫又因为法比的乡野习气而把他看得贱他几等。

一个年少的窑姐此刻正往《圣经》工场跑,她看见阁楼上露出女学生们的脸,认为跑进那里一定错不了,至少温暖舒适。法比从她后面一把扯住她。她一个水蛇扭腰,扭出法比的抓握。法比又来一下,这次抓住了她挎在肩上的包袱。包袱是粗布的,不像她身上的缎袍那么滑溜,法比的手比较好发力,这样才把她拖出工场的门。只听一阵稀里哗啦的响声,包袱下雹子了,下了一场骨牌雹子。光从那掷地有声的脆润劲,也能听出牌是上乘质地。

粗皮黑胖的窑姐叫喊:"豆蔻,丢一个麻将我撕烂你的大胯!"

叫豆蔻的年少窑姐喊回去:"大胯是黑猪的好! 连那黑×一块撕!"

法比本来已经放了豆蔻,可她突然如此不堪入耳,恐怕还要不堪入耳地住下去,他再次扑上去,把她连推带搡往外轰。

"出去! 马上滚! 阿顾! 给她开门!"法比叫着。大冬天脸铮亮,随时要爆发大汗似的。

豆蔻说:"哎,老爷是我老乡吔!……"她脚下一趔趄,嗓音冒了个调:"求求老爷,再不敢了!……"

她浑沌未开的面孔下面,身体足斤足两,怎么推怎么弹回来:"老爷你教育教育你小老乡我啊! 我才满十五吔!……玉墨姐姐! 帮我跟老爷求个情嘛!"

叫玉墨的窑姐此刻已收拾好自己的行李、细软,朝纠缠不清的豆蔻和法比走过来,一边笑嘻嘻地说:"你那嘴是该卫生卫生!请老爷教育还不如给你个卫生球吃吃。"她在法比和豆蔻之间拉了一会儿偏架,豆蔻便给她拉到她同伴的群落里去了。

阿顾从良家男子变成浪荡公子只花了二十分钟。此刻他乐颠颠地为窑姐们带路,去厨房下面的仓库下榻。窑姐们走着她们的猫步,东张西望,对教堂里的一切评头论足,跟着阿顾走去。

伏在窗台上的书娟记住了,那个背影美妙的窑姐叫赵玉墨。从刚才的几幕她还看出,赵玉墨是窑姐中的主角,似乎也是头目。之后她了解到,这叫"挂头牌的"。南京秦淮河上的窑姐级别森严,像博士、硕士、学士一样,一级是一级的身份、水平、供奉。并且这些等级是公众评判的。在这方面,南京人自古就是非模糊,一代代文人才子都讴歌窑姐,从秦淮八艳到赛金花,都在他们文章里做正面人物。十三岁的孟书娟不久知道,赵玉墨是她们行当中级别最高的,等于五星大将。也如同军阶,秦淮花船上的女人都在服务时佩戴星徽,赵玉墨的徽章有五颗星,客官你看着付钱,还可以默数自家口袋里银两提前掂量,你玩得起玩不起。

二

　　晨祈时枪声响了。似乎城市某处又开辟出一片战场，枪声响得又密又急。所有的女孩都一动不动，似乎想挺一挺，把枪声引起的不祥和焦虑挺过去。

　　中午，去安全区筹粮的法比回到教堂，粮没拉回来，坏消息带回来了。马路上中国人的尸体有三四岁的，也有七八十岁的，一些女人是赤着下身死的。炸弹在路面上炸出的坑洼和壕沟，都用尸首去垫平。凡是听不懂日语呵斥的，凡是见了枪就掉头跑的，当场便撂倒，然后就作为修路材料去填沟坎。学生们早上听到的、那阵长达半小时的射击，安全区的国际委员们怀疑是日本军队在枪决凌晨投降的中国军人。法比说完，对女孩们强笑一下，又看一眼英格曼神甫，他的意思是,神甫的判断出错了,这样的血腥局势一两天之内怎么会回归秩序呢?

这是午餐时间,原先供神职人员用餐的长餐桌两边挤坐着十六个女学生。英格曼神甫自从女孩们入住教堂,就招呼陈乔治把他的两餐麦片粥或汤面送到自己寓所,他相信威严要靠距离和隔膜来维持;和女学生之间,至少要隔一块草坪的距离。但这天他一听说法比·阿多那多从安全区回来了,便放下麦片粥跑过来。

"所以,粮食和水是最致命的问题。因为我们收留了十几位女士。"法比说。

"乔治,"英格曼开口问道,"我们还有多少粮食?"

陈乔治说:"还有一担面粉,米只有一升不到。水就是洗礼池那一点……嗯,不过还有两桶酒。"

法比瞪了陈乔治一眼,难道酒可以洗脸、洗澡、洗衣? 难道酒能泡茶,能当水煮饭下面? 尽讲些不相干的屁话!

二十岁的陈乔治也委屈地回敬法比一眼,水少了大人你可以多喝点酒,反正你喝酒跟喝水似的。

英格曼神甫居然说:"比我想象得好。"

"一担面粉这么多人? 两天就喝西北风去!"法比发着小脾气对陈乔治说,怎么办呢? 他又不能对神甫发脾气,把该神甫听的恼火语言让陈乔治受去,所有人受不了的气都会让二十岁的孤儿陈乔治受。

陈乔治接着英格曼神甫的话语言："哎，还有呢！还有一点哈了的黄油，大人你叫我扔掉，我没舍得！还有一坛子腌菜，长了点绿毛，有一点点臭，吃吃还蛮好的！"这些话他说出来既是表功，也是拍马屁，还是给神甫鼓劲。

"两天之后，局势一定会平稳下来的。相信我。我去了日本好几次，日本人是世界上最多礼、最温和的人，他们不允许花园里有一根无秩序的树枝。"英格曼神甫说道。

学生们虽然从童年就接受英文教育，但是听英格曼神甫的英文她们常常会漏掉词汇，他的声音太有感染力了，足够她们忘怀，因此，把具体词汇就错了过去。

英格曼神甫刚走，从厨房里发出翻箱倒柜的声音。

陈乔治一面问："哪一个？"一面急着往厨房去。

两秒钟之后，书娟便听到女人的声音说："都吃完了呀？"

陈乔治说："这里还有点饼干……"

也不知怎么，听了这句话，女学生们都向厨房跑去。书娟跑在第一。这个陈乔治刹那做了叛徒，把她们名分下那点食物叛卖出去了。饼干是喝汤时用的，越来越稀寡的汤面没有饼干毫不经饿，只是骗骗嘴巴。

书娟看见三四个窑姐收拾得溜光水滑，好像这里有她们的生意可做。为首的那个叫红菱,滚圆但不肥胖,举动起来泼辣,神色变得飞快,拔成两根线的眉毛告诉人们别惹她。

"陈乔治,你怎么把我们的饼干给她们吃?"书娟问道,"她们"二字不是说出来的,是骂出来的。

陈乔治说:"她们来要的!"

"要你就给啊?"苏菲说。苏菲是孤儿,所以教会学校老师给她起个洋名字"苏菲",她只能认下来。

"哎哟,还护食呢?"黑皮窑姐笑道。

"先借你们点吃吃,明天馄饨担子就挑出来了,买三鲜馄饨还你们,啊?"红菱说。

"陈乔治,你聋啦?"书娟大声说。她此刻也不好惹。长到十三岁所有的不随心、不如意都在这一刻发作,包括她父母的偏心眼,把她当"狗剩儿"扔在没吃没喝的半塌的教堂院子里,还让这个吃里扒外的陈乔治背叛,让这些邪女人欺负……

"不管他的事,是我们自己找到饼干的……"红菱说,她那两根细眉弯如一对新月。

"呸,我跟你说话了吗?你也配搭我的腔?"孟书娟拿出抬手专打笑脸人的态度。

连女学生都为书娟不好意思了,小声叫她:"算了,算了。"

红菱眼睛上面的两根线霎那间打了死结，张口便是："给脸不要脸的小×！……"要不是后面伸出一只手来，捂在红菱嘴上，红菱下面的话或许可以让这群女孩在男女性事上彻底启蒙。

捂住她嘴的是赵玉墨。厨房里的吵骂地下仓库里都能听见，所以她赶上来把红菱的污言秽语堵回去。

窑姐们回到她们的栖身处之后，好长一段时间，孟书娟都闷头闷脑地坐在那里。她气得浑身虚弱，一百句羞侮这群女人的话在她心胸里憋着。她恨自己没用，为什么当场没想出那么精彩的杀伤性语言，及时把它们发射出去。

所有同学回到阁楼上去了，书娟还在那里想不开。她坐到黄昏都进入了室内，坐到自己腹内剧痛起来。没人有告诉过她，这样可怕的疼痛会发生；这本应该是母亲的事，而母亲现在缺席。隔着地板，她能听见地下室的声音；打麻将、弹琵琶、打情骂俏；是的，惯于打情骂俏的女人在没有男人的时候就跟女人打情骂俏。

坐在昏暗中的孟书娟听着外面枪声不断。短命的日本人把仗打到南京，把外婆外公打得消息全无，把父母和姐姐打得不敢回国，把一帮短命窑姐打到英格曼神甫"最后一片绿洲"上来了，书娟实在太疼痛、太仇恨了，咬碎细牙，恨这个恨那个，恨着恨着恨起了自己。她恨自己是因为自己居然也有地下室窑姐们的身子和内脏,以及这紧一阵、慢一阵的腹痛和滚滚而来的肮脏热血。

下午英格曼神甫也出去了一趟。陈乔治开车载着他往城内走了一两公里,就退了回来。他们不认识这个南京了;倒塌的楼房和遍地的横尸使陈乔治几次迷路。在接近中华门的一条小街上,他们看见日本兵押解着五六百个中国士兵向雨花台方向走,便停下车。英格曼神甫乍起胆子,客气地向带队的日本军官打听,要把战俘们押到哪里去。随行的翻译把他的意思转达过去后,军官告诉他:让他们开荒种地去。他脸上的表情却告诉你:他才不指望你相信他的鬼话。英格曼回到教堂,晚餐也没有吃,独自在大厅里坐了一小时,然后把所有的女学生们召集到他面前,把下午他看到的如实告诉了她们,他温厚地看看法比,说自己早晨的判断太乐观,看来法比是正确的,在找到新粮源、水源之前,保证这三十多人不饿死、渴死,是他最大的抱负。他叫陈乔治再搜一遍仓库,看看还能找到什么,过期的、发臭的、长毛的都算数。

神甫没有说完,侧门口冒出几个窑姐。她们挤在那里,看看大厅里有什么好事,有了好事是否有她们的份。一看女生们个个沉脸垂头,都不想有份了,一个个掉头出去。但法比叫住了她们。

"以后你们就躲在自己的地方,不要上来。特别是不要到这里来。"法比说。

"这里是哪里?"一个窑姐还是没正经。

"这里就是有学生的地方。"法比说。

英格曼神甫突然说:"大概是永嘉肥皂厂着火了。肥皂厂存的油脂多,火才这么大。"

跟着他的目光,所有人看见刚才已经暗下去的黄昏,现在大亮。书娟和同学们跑到院子里,火光照亮了教堂主楼上幸存下来的玻璃窗,由五彩玻璃拼成的圣母圣婴像在米字形纸条下闪动如珠宝。女孩们呆子一样看着如此瑰丽的恐怖。

火光给了人们极好的却诡异的能见度。被照得通明的地面和景物在这样的能见度中沉浮。

阿顾和陈乔治判断火光的来源,认为起火的只能是五条街外的永嘉肥皂厂,法比让女孩们立刻回阁楼上去。这是个随时会爆发危机的黄昏。

女孩们离开后,叫红菱的窑姐叼着烟卷在《圣经》工场门口打转。

"你这是要去哪里?"法比大声说。

红菱低头弯腰寻觅什么,被法比吓了一跳,烟头掉在地上。她撅起滚圆的屁股,把烟头捡起来。

"东西丢了，不让找啊？"她笑嘻嘻的。

"回你自己的地方去！"法比切断他们间对话的可能性，"不守规矩，我马上请你出去！"

"你叫扬州法比吧？"红菱还是嬉皮笑脸。"老顾告诉我们的。"

"听见没有，请你回去！"法比指指厨房方向。

"那你帮我来找嘛，找到我就回去。看看你是个洋老爷，一开口是地道江北泥巴腿。"她笑起来全身动，身子由上到下起一道浪。

书娟和女同学们现在都在阁楼上了，三个窗口挤着十六张脸。十五张脸上都是诧然，只有书娟以恶毒的目光看着这个下九流女人如何装痴作憨，简直就是一块怎么切怎么滚的肉。

"法比也不问问人家找什么。"红菱一嘟嘴唇。

"找什么？"法比没好气地问。

"麻将牌。刚才掉了一副牌在这里，蹦得到处都是，你还记得吧？捡回去一数，就缺五张牌！"

"国都亡了，你们还有心思玩？"

"又不是我们玩亡的。"她说，"再说我们在这里不玩干什么？闷死啊？"

红菱知道女孩子们都在看她唱戏，身段念白都不放松，也早不是来时的狼狈了，一个头就狠花了心思梳理过，还束了一根宝蓝色缎发带。

窑姐中的某人把赵玉墨叫来了。五星级窑姐远远就对红菱光火："你死那儿干什么？人家给点颜色，你还开染坊了！回来！"她说话用这样的音量显得吃力，一听就不是个习惯破口叫骂的人。

"你们叫我来找的！说缺牌玩不起来！"红菱抱屈地说。

"回来！"玉墨又喊，同时上手了，揪着红菱一条胳膊往回走。

红菱突然抬起头，对窗口扒着的女孩们说："你们趁早还是出来！"

没人理她。

"你们拿五个子玩不起来，我们缺五张牌也玩不起来。"红菱跟女孩们拉扯起生意来了。女孩们你看看我我看看你。有一个胆大的学她的江北话："……也玩不起来……"一声哄笑。

法比呵斥她们："谁拿了她东西，还给她！"

女孩们七嘴八舌："哪个要她的东西？还怕生大疮害脏病呢！"

红菱给这话气着了，对她们喊："对了，姑娘我一身的杨梅大疮，脓水都流到那些骨牌上，哪个偷我的牌就过给哪个！"

女孩们发出一声作呕的呻吟。有两个从窗口吐出唾沫来，是瞄准红菱吐的，但没有中靶。

玉墨拖着红菱往厨房去。红菱上半身和两条腿拧着劲，脚往前走，上身还留在后面和女孩们叫阵："晓得了吧？那几个麻将牌是姑娘我专门下的饵子，专门过大疮给那些手欠的，捡了东西昧起来的！……"她嘎嘎地笑起来，突然"哎哟"一声，身体从玉墨的捉拿下挣脱，指着玉墨对站在一边看热闹的陈乔治说："她掐我肉哎！"似乎陈乔治会护着她，因此她这样娇滴滴地告状。

女学生们恋战，不顾法比的禁令，朝眼看要撤退的窑姐们喊道："过来吧！还东西给你！"

红菱果然跑回来。阁楼窗口上一模一样的童花头下面，是大同小异的少女脸蛋儿，她朝那些脸蛋儿仰起头，伸出手掌："还给我啊！"

叫徐小愚的女学生说："等着啊！"

赵玉墨看出了女学生居心不良，又叫起来："红菱你长点志气好不好？"她叫迟了一步，从三个窗口同时扔下玩游戏的猪拐骨头，假如她们的心再狠一点、手再准一点，红菱头上会起四五个包，或者鼻梁都被砸断。

法比对女孩们吼道："谁干的！……徐小愚，你是其中一个！"

但孟书娟此刻推开其他同学,说:"不是小愚,是我。我干的。"

玉墨仔细看了书娟一眼,看得书娟脊梁骨一冷。假如被鬼或者蛇对上眼,大概就是这种感觉。

红菱又依不饶,一定要法比惩办小凶手。

玉墨对她说:"算了,走吧!"

红菱说:"凭什么算了?"

红菱露出她的家乡话。原来她是北方人,来自淮北一带。

玉墨说:"就凭人家赏你个老鼠洞待着。就凭人家要忍受我们这样的人,就凭我们不识相、不知趣给脸不要脸。就凭我们生不如人,死不如鬼,打了白打,糟蹋了白糟蹋。"

女孩们愣了。法比一脸糊涂,他虽然是扬州法比,虽然可以用扬州话想问题,但玉墨的话他用扬州思维也翻译不好。多年后书娟意识到玉墨骂人骂得真好,她骂了女孩、骂了法比,也骂了世人,为了使女孩们单纯、洁净从而使她们优越,世人必须确保玉墨等人的低贱。

三

晚上，火光更亮了，亮得女孩们都无法入睡，书娟旁边是徐小愚的铺，徐小愚的父亲是江南最大富翁之一。他的买卖做到澳门、香港、新加坡、日本。南京抵制日货的时候，她父亲把日本货全部换了商标，按国货出售，一点都没有折本。他跟葡萄牙人做酒生意，成吨的红、白葡萄酒都是他用廉价收购的生丝换的。威尔逊福音堂做弥撒用的红酒，也都是他捐赠的。一九三七年十二月十三日这天夜晚，藏在地下室仓库里的秦淮河女人们喝的，正是徐小愚父亲捐的红酒。

对徐小愚父亲徐智仁的研究，我比我姨妈要做得彻底，因为，我在正写的这个故事里，他将要跑个龙套。现在还不是他出场的时候。徐小愚和孟书娟的关系很微妙，今天两人是至好,明天又谁也不认识谁。徐小愚是个漂亮女孩,好像不明白漂亮女孩容易伤害人,最容易伤害的是欣赏她、羡慕她、渴望她友谊的女孩。我姨妈书娟就是这么个女孩。书娟易受小愚的伤害,还因为她暗暗不服小愚,因为她功课拔尖,长相也算秀美,但有了小愚就永无书娟的出头之日,这样的一对女孩,往往有着被虐和施虐的关系,并且被虐一方和施虐一方常常互换位置。

小愚把一条胳膊搭在书娟腰上,试探她是否睡着了,书娟觉得马上反应不够自尊,因为小愚昨天是苏菲的密友,今天傍晚小愚用猪拐骨砸那个叫红菱的窑姐,书娟存心替她担当了罪责,就是要小愚为自己的变心而自责。果然,书娟一举把小愚的心征服了。小愚在自己的胳膊上增加压力,书娟动了一下。

"你醒了?"小愚耳语。

"干什么?"书娟假装刚醒。

小愚趴在书娟耳朵上说:"你说哪一个最好看?"

书娟稍微愣了一下,明白小愚指的是妓女们,她其实谁也没看清;不屑于看清,除了叫玉墨的那个女人的脊梁。但她不想扫小愚的兴;刚弥合的友情最是甜蜜、娇嫩的。"你看呢?"她反问,同时翻身把脸对着小愚。

"那我们再去看看。"小愚说。

原来女孩们都一样，对花船上来的下九流女人既嫌弃又着魔，她们一想到她们靠两腿间那绝密部位谋生，女孩们就脸红地"啊哟！"一声，藏起她们莫名的体内骚动。罪过原来是有魅力的，她们不敢想、不能干的罪过事物似乎可以让这些做替身的去干。

书娟和小愚悄悄来到了院子里，火光把院子里照得金黄透明。草坪中央苍老的美国山核桃树顶着巨大树冠，光秃秃的枝丫抓向天空，如同倒植的树向金黄夜晚扎根，一股奇怪的焦臭在气流里浮动。

两个女孩站在院子里，忘了偷跑出来要干什么。好像单为了看看英格曼神甫的红砖小楼是否还在那儿。又好像单为了看看法比的卧室窗口是否还亮着烛光。然而，琵琶弹奏的音符敲醒了她们。

地下仓库的天花板高度正达书娟的大腿。沿着厨房往后走，就会看见仓库的透气孔。一共三个透气孔，上面罩的铁网生了很厚的锈。透气孔现在就是书娟和小愚的窥视口。

琵琶弹奏是从豆蔻手指下发出的。豆蔻生得小巧玲珑，桃子形的脸，遮去她下半个脸来看，她整天都眉开眼笑，遮去她上半个脸，她整天都在赌气，人家借她米还她稻似的。不管怎样，豆蔻是个美人，若不是这副贱命，足以颠倒众生。两个女孩通过窥视口进行的选美，初选结果已决出。

仓库已经不是仓库了,是一条地下花船,到处铺着她们的红绿被褥、狐皮貂皮,原先挂香肠火腿的钩子空了,上面包上了香烟盒的锡纸,挂上了五彩缤纷的丝巾、纱巾、乳罩、兜肚……四个女人围着一个酒桶站着,上面放着一块厨房的大案板,"稀里哗啦"地搓麻将。看来缺五张牌并没有败她们的玩兴。每人面前还搁着一个碗,装的是红酒。

　　"喃呢!你让我打一圈吧?"豆蔻说。

　　喃呢用涂蔻丹的手指扒拉一下右眼的下眼皮。这个哑语女孩们都懂;少妄想吧;你眼巴巴看着吧!

　　"哎哟,闷死了!"豆蔻说。拿起喃呢的酒碗喝了一大口酒。

　　"那你去洋和尚那里讨两本经书来念念。"玉墨逗她地一笑。

　　"我跑到洋庙的二层楼上,偷偷看了一下上面有什么。"红菱说:"都是书!扬州法比住在那间大书房隔壁。"

　　"我也看到了。能拿书去砌城墙了!"黑皮女人说。

　　"玉笙跟我一块上去看的。"红菱说。

　　两个女孩对看一眼,又看看叫玉笙的女人,那么个黑皮还"玉"呢!

　　"那么多经书读下来,我们姐妹们就进修道院吧!"红菱说着,推倒一副牌,她和了。

　　小钞、角子都让她扒拉到自己面前。

"去修道院蛮好的，管饭。"玉墨说。

"玉笙，你那大肚汉，去当姑子吃舍饭划得来。"喃呢说。

"姑子要有讲洋话的洋和尚陪，才美呢。"红菱笑嘻嘻的说。

"修道院里不叫姑子吧，玉墨？"

"叫什么都一样，都是吃素饭、睡素觉。"玉墨说。

"吃素饭也罢了，素觉难睡哟，玉笙！"

说着大家哄起一声大笑。玉笙抓起一把骨牌向红菱打去。大家笑得更野，说红菱今天为麻将挨了第二次打，以后非死在麻将下面。玉笙和红菱在到处磕磕绊绊地在仓库追杀。玉笙说："红菱你别急，明晚上就让你尝洋荤，姐姐我去给那个扬州洋和尚扯个皮条，你明晚就不用睡素觉了！"

红菱做了一个手势，两个女孩不懂，但马上明白那个很下流的手势，因为窑姐们笑翻了，玉笙笑得直揉圆滚滚的肚子。

玉墨心不在焉地看着她们闹，自己独自坐在一个卧倒的木酒桶上，一手烟一手酒。

两个女孩看久了，对刚才初步评选的第一美人改了看法。赵玉墨在她们眼里每分钟都更好看一点；她不是艳丽佳人，但非常耐看，非常容易进入人的记忆。她头发特别厚实，松散开来显得太重，把那张脸压小了。脸盘说不上方，也不说上圆,小小的、短短的,下巴前翘,所以她平端着那张脸时,也是略微傲气的。是那种"你瞧不起我,我还瞧不起你呢"的傲气。她眼睛又黑又大,总是让你琢磨,她看见了什么你没看见的东西,值得她那么凝神。她的嘴巴是这张脸的弱项,薄而大,苦相而饶舌的一张嘴,让人惊讶,长这么一张嘴的人居然惜语如金。从这样的嘴巴看,她还是精刮、刻薄的女人,可以翻脸无情。最优长的一点,是这个赵玉墨丝毫没有自轻自贱、破罐破摔的态度,可以想象她是大户人家的姨太太或大少奶奶,也可以把她当明星放到国片的广告上。她也跟清晨刚来时不同了,换了件碎花棉布长旗袍,阴丹蓝色为主色,套了一件白色厚绒线开襟外套,胸前吊着两个做装饰的大绒球。她好识时务啊,在女学生的领土上把自己的风尘味蜕得一干二净。是求生还是求得平等的愿望导致她这样地伪装,书娟不得而知。

四

第二天上午,地下室的女人们没一点儿动静。陈乔治给她们送粥,也叫不醒她们。到了下午一点钟,她们一个个出现在厨房里和餐厅里,问为什么没饭给她们吃。她们已饿软了腿。

法比看到自己的禁令对她们毫不生效,便把玉墨叫到餐厅,擒贼先擒王。

"我是最后一次警告你们,再出来到处跑,你们就不再受欢迎。"

玉墨先道了歉,然后说:"我明白我们不受欢迎。不过她们是真饿了。"

女人们张张望望地渐渐围拢到餐厅门口。看看自己的谈判代表是否尽职，是否需要她们助阵帮腔。她们十四个姐妹凑在一块，口才、武力、知识能凑得很齐全。

"吃饭的问题我过一会儿讲。先把我做的规矩再跟你们重复一遍。"法比说。

他努力想把扬州话说成京文，逗坏了几个爱笑的窑姐。

"那你先讲上茅房的事吧！"喃呢说。

"不让吃，还不让拉呀！"豆蔻说。

"就一个女茅厕，在那里面，"红菱指指《圣经》工场，"小丫头们把门锁着，钥匙揣着。我们只能到教堂里方便。"

"教堂里的厕所是你们用的吗？"法比说，"那是给做弥撒的先生、太太、小姐、少爷用的！现在抽水马桶又没有水，气味还了得？"

玉墨用大黑眼珠罩住法比，她这样看人的时候小小的脸上似乎只剩了一对大眼，并且你想躲也躲不开它们。法比跳了三十五年的心脏停歇了一下。他不知道，男人是不能给赵玉墨这样盯的，盯上就有后果。

"副神甫，她们可以自重，常常是给逼得不自重。"玉墨说。她还是把自己和门口那群同事或姐妹划分清楚，要法比千万别把她看混了，佩五星徽章的窑姐在和平时期你法比这样的穷洋僧连见都见不起。

法比再开口，明显带着玉墨"盯"出来的后果。他降了个调门背书一样告诉玉墨,上厕所的麻烦,他已经吩咐阿顾帮助解决了。阿顾和陈乔治会给在院子里挖了个临时茅坑,再给她们两个铅皮桶,加上两个硬纸板做的盖子,算作临时马桶,等临时马桶满了,就拎到后院倒在临时茅坑里。但他规定她们倒马桶的时间必须在清早五点之前,避免跟女学生们碰见,或者跟英格曼照面。

"清早五点?"红菱说。"我们的清早是现在。"

她抬起肉乎乎的手,露出小小的腕表,上面短针指在午后一点和两点之间。

"从现在起,你们必须遵守教堂的时间表,按时起居,按时开饭。过了开饭时间,就很对不起了。女学生们都是从牙缝里省出粮食给你们的,你们不吃,她们总不见得让面条泡烂浪费。"法比说着说着,心里想,怪事啊,自己居然心平气和地在跟这个窑姐头目对谈呢!

"哟,真要入修道院了!"红菱笑道。

女人们都知道这话的典故,都低声跟着笑。她们的笑一听就暧昧,连不谙男女之道的法比都感到她们以这种笑在吃自己豆腐。"安静,我还没说完!"法比粗暴起来,一部分是冲自己粗暴的,因为自己停止了对她们粗暴。

玉墨扭过头,用眼色整肃了一下同伴们的纪律。笑声停止下来。

"一天开几餐呢？"豆蔻问。

"你想一天吃几餐呢，小姐？"他下巴抬起、眼皮下垂，把矮个子的豆蔻看得更矮。

"我们一般都习惯吃四餐，夜里加一餐。"豆蔻一本正经地回答。

红菱马上接话："夜里简单一点就行了，几样点心、一个汤、一杯老酒，就差不多了。"她明白法比要给她们气死了。她觉得气气他很好玩。她的经验里，男人女人一打一斗，反而亲得快，兴致就勾起来了。

喃呢问："能参加礼拜吗？"

红菱拍手乐道："这有一位要洗心革面，重新做人的！其实她是打听，做礼拜一人能喝多少红酒，别上当啊，她能把你们酒桶都喝通！"

"去你奶奶的！"喃呢不当真地骂道。

玉墨赶紧遮盖弥补，对法比说："副神甫大人，如果不是你们仁慈，收留了我们，我们可能已经横遭劫难。"她一面说着，那双黑而大的眼睛再次盯住法比，让他落进她眼里，往深处沉。"战乱时期，能赏姐妹们一口薄粥，我们就已经感激不尽。也替我们谢谢小姑娘们。"

有那么一会儿，法比忘了这女人的身份，觉得自己身处某个公园，或玄武湖畔，或中山路法国梧桐林荫中，偶遇一位女子,不用打听,一看她就是出自一个好背景。虽然她的端庄有点过头,雅静和温柔是真的,话语很上得台面,尽管腔调有些拿捏。

法比原想把事情三句并作两句地讲完,但他发现自己竟带着玉墨向教堂后面走去。玉墨是个有眼色的人,见女伴们疑疑惑惑地跟着,就停下来,叫她们乖一点,赶紧回地下室去。法比刚才说的是"请你跟我来",并没有说"请你们跟我来"。

教堂主楼后面有个长方形水池,蓄的水是供受洗用的。池子用白色云石雕成,池底沉着一层山核桃落叶,已经沤成锈红色。上海失陷后,人们操心肉体生命多于精神生命,三个月中居然没有一人受洗。法比指着半池微带茶色的水说:"我就是想让你来看看这个。从你们来了之后,水浅下去一大截。能不能请你告诉她们,剩下的水再也不能偷去洗衣服、洗脸。"

法比在心里戳穿自己:你用不着把她单独叫到这里来警示她。你不就想单独跟多待一会儿,让她再那样盯你一眼,让你再在她的黑眼睛里沉没一次?这眼睛让法比感到比战争还要可怕的危险。但愿墙外战争的危险截止在明天或后天,那么这内向的、更具有毁灭性的危险也就来不及发生。

"好的,我一定转达副神甫大人的话。"玉墨微微一笑。

她笑得法比吓死了，他自己没搞清的念头她都搞清了，并以这笑安慰他：没关系，男人嘛，这只能说明你是血肉之躯。

"假如三天之内，自来水厂还不开工，我们就要给旱死了。旱得跟这片枯草似的。"法比用脚踩踩枯得发了白的冬天草地。他发现自己的话有点酸，但没办法，他也没想那么说话。

玉墨说："这里原先有一口井，是吧？"

法比说："那年的雪下得太大，英格曼神甫的小马驹踏空了，前蹄掉进去，别断了。神甫就让阿顾把井填了。"

玉墨说："还能再挖开吗？"

法比说："不知道。那费的事就大了。把这半池子水喝干，自来水还能不来？"他心里警告自己，这是最后一句话，说完这句，再也不准另起一行。

玉墨连他心里这句自我警告都听到了，微笑着，一个浅浅鞠躬，同时说："不耽误你了。"

"要是情况坏下去，还不来水，真不知道怎么办了。"法比看见自己莫名其妙的另起一行留住了玉墨。他希望玉墨把它当成他情不自禁冒出的自语，只管她告辞，但她还是接住了这句话，于是又扯出一个回合的对白。

"不会的。真那样的话就出去担水，我们逃过来的时候，看见一口水塘,就在北边一点。"她说。

"我怎么不记得有水塘?"他想,这是最后的、最后一句话,无论她接什么话,他也不应答了。

"我是记得的。"她又那样痴情地一笑。男人都想在她身边多赖一会儿,何况这么个孤独的男人。她第一眼就看出法比有多么孤独。谁都不认他,对生他的种族和养他的种族来说,他都是异己。

法比点点头,看着她。话是不再扯下去了,可是目光还在扯。这是他自己没有意识到的。玉墨转身走去。法比也发现她的背影好看,她浑身都好看。

走了几步玉墨又停住,转过身:"我们昨晚打赌,说中国人和洋人干架,你会站在哪边?"

法比问:"你说呢?"

玉墨笑着看了他一会儿,走了。

法比突然恨恨地想:妖精一个!在玉墨的背影消失后,他告诉自己不许再给她哪怕半秒钟的机会用她的大黑眼勾引他。那是勾引吗?勾引会那么难解吗?虽然法比是扬州法比,思考都带扬州乡音,他毕竟身上流着意大利人多情浪漫的血,读过地中海族裔的父母留下的世界文学和戏剧著作,他觉得那双黑眼睛不仅勾引人,而且是用它们深处的故事勾引。

这天夜里,雨加小雪使气温又往下降了好几度。英格曼神甫在生着壁炉的图书室旁边的阅览室阅读,也觉得寒意侵骨。被炸毁的钟楼使二楼这几间屋到处漏风,陈乔治不断来加炭,还是嫌冷。陈乔治再次来添火时,英格曼说能省就省吧,炭供应不上,安全区已有不少老人、病人冻死。他以后就回卧室去夜读了。半夜时分,英格曼神甫睡不着,想再到图书馆取几本书去读,刚到楼梯上,听见图书室有女人嗓音。他想这些女人真像疮痍,不留神已染得到处皆是。他走到阅览室门口,看见玉墨、喃呢、红菱正聚在壁炉的余火边,各自手里拿着五彩的小内衣,边烤边小声地唧咕笑闹。

竟然在这个四壁置满圣书、挂着圣像的地方!

英格曼神甫两腮肌肉痉挛。他认为这些女人不配听他的愤懑指责,便把法比·阿多那多从卧室叫来。

"法比,怎么让这样的东西进入我的阅览室?"

法比·阿多那多刚趁着浓重的酒意昏睡过去,此刻又趁着酒意破口大喊:"亵渎!你们怎么敢到这里来?这是哪里你们晓得不晓得?"

红菱说:"我都冻得长冻疮了!看!"她把蔻丹剥落的赤脚从鞋里抽出,往两位神甫面前一亮。见法比避瘟似的往后一蹾,喃呢咯咯直乐,玉墨用胳膊肘捣捣她。她知道她们这一回闯祸了,从来没见这个温文尔雅的的老神甫动这么大声色。

"走吧！"她收起手里的文胸，脸烤得滚烫，脊梁冰凉。

"我就不走！这里有火，干吗非冻死我们？"红菱说。

她转过身，背对着老少二神甫，赤着的那只脚伸到壁炉前，脚丫子还活泛的张开合起，打哑语似的。

"如果你不立刻离开这里，我马上请你们所有人离开教堂！"法比说。

"怎么个请法？"红菱的大脚指头勾动一下，又淘气又下贱。

玉墨上来拽她："别闹了！"

红菱说："请我们出去？容易！给生个大火盆。"

"陈乔治！"英格曼神甫发现楼梯拐角瑟瑟缩缩的人影。那是陈乔治，他原先正往这里来，突然觉得不好介入纠纷，耍了个滑头又转身下楼。

"我看见你了！陈乔治，你过来！"

陈乔治木木登登地走了过来。迅速看一眼屋里屋外，明知故问地说："神甫还没休息？"

"我叫你熄火，你没听懂吗？"英格曼神甫指着壁炉。

"我这就打算来熄火。"陈乔治说。

陈乔治是英格曼神甫捡的弃儿，送他去学了几个月厨艺，回来他自己给自己改了洋名：乔治。

"你明明又加了炭！"英格曼神甫说。

红菱眼一挑，笑道："乔治舍不得冻坏姐姐我，对吧？"

陈乔治飞快地瞪了她一眼，这一眼让英格曼神甫明白，他已在这丰腴的窑姐身上尝到甜头了。

五

从一九三七年十二月十三日的清晨，威尔逊教堂其实已失去了它的中立地位。我姨妈孟书娟和她的十五个女同学怎么也不会想到，英格曼神甫从江边把她们带回教堂，她们被极度的疲乏推入沉睡之后，一个中国军人潜越了教堂的围墙，藏进了教堂墓地。这个军人是国军七十三师二团的团副，一个二十九岁的少校。

我姨妈向我形容这个姓戴的少校是"天生的军人"，"是个有理想的军人"，"为了理想而不为混饭而做军人的。"戴少校很英俊，这是我想象的。因为理想能给人气质，气质比端正的五官更能塑造出男性美。这种男性也更讨女人喜欢，讨我姨妈那样渴望男性保护的小姑娘喜欢。

戴少校所在的部队是蒋介石用在上海和日军作战的精锐师。像七十三师这样的精锐师,蒋介石有三个,是他的掌上明珠。三个师的总教官是法肯豪森将军,一个不生气也带着轻微德国脾气的德国贵族。在一周内几乎把日军赶进黄浦江的就是戴少校的部队。

戴少校在十二日傍晚还打算带半个营的官兵死守中央路上的堡垒。天将黑的时候,大批的士兵军官向江边方向跑。从他们的陌生方言里,他大致听得懂一个意思:唐司令官下午招集了高级军官会议,决定全线撤退江北,撤退命令在一小时前已经下达。

戴涛认为决不可能。他的步话员没有接到任何撤退命令。假如他戴副团长所在的精锐师没有奉命撤退,这些讲着蛮夷语言的杂牌军怎么能擅自扔了武器、埋了军火,先行撤退了呢?

接下来的是撤退和反撤退的谈判、叫骂以致开火。当然,在军事记载上,它是一场"误会开火"。戴涛手下的一个连长被撤退大军推倒,连长站起身就给了推他的人一枪。所有奉命死守的士兵立刻分化为二,大部分被撤退的人潮卷走。剩下的二十多个官兵仗着自己有武器,开始向逃兵们正式开战。打了五六分钟,撤退的大队人马里混进了坦克和卡车。坦克和卡车被戴涛的小股阻击部队拦阻了,徒步撤退的士兵们乘机爬上车辆，又被车上的人推下来，几分钟里，戴涛把"溃不成军"这词的每一笔画都体味到了。作为他这样一个军人世家子弟，世界末日也不会比如此溃败更令他悲哀。这就是他下令停火的时候。

等他和副官来到江边，已经是晚上十点。江边每一寸滩地都挤着绝望的血肉之躯，每条船的船沿上都扒满绝望的手，戴涛被副官带到这里，带到那里，但没人在听到副官报出戴涛的军阶和部队番号时让步，让他们接近最后几艘逃生船只。到了凌晨一点，想上船的人远比船的最大客纳量要多出几十倍，扒在船沿上的一双双手以非人的耐力持续扒在那里，一直扒到甲板上的船老大对着那些手指抡起斧头。

戴涛决定停止一切徒劳。已经凌晨三点半，江面上漂浮的不止是机动船和木帆船，还漂浮着木头澡盆、樟木箱、搓衣板。人绝望到这种地步就会成为白痴，把搓衣板当轮渡搭乘，妄想渡过长江天险，渡到安全彼岸。戴涛估计最先乘木澡盆和樟木箱的人已经葬身十二月的江水了。他和副官掉头往回挤。

副官跟他走散的时间是凌晨四点。一路上仍然挤满往江边跑的士兵和市民，一个士兵骂骂咧咧地在扒一个骂骂咧咧的市民的长衫，那市民穿着一身补丁摞补丁的单褂衣裤，赤着脚，冻得浑身冷噤，也不愿意穿上士兵"等价交换"

给他的军棉衣。戴少校对那个士兵叫骂，士兵像根本听不见。假如少校不是舍不得仅剩的五颗子弹，这个化装成南京小铺掌柜的士兵就又是一场"误会开火"的牺牲品。

戴涛在巷子里摸索着往前走。没有倒塌的房子都紧锁着门。有个院子的墙塌了一半，前门被烧成了炭。戴涛走进去，在一个廊檐下发现一串串没有完全晾干的山芋干。他把它们全部拽下来，塞进衣袋。

他按照记忆中的南京地图往东跑。敌人大部分从东边来，假如他能顺利过渡到敌后，进入已经失陷的乡村，就能依靠地广人稀，敌在明我在暗存活下来。从那儿，再打算下一步。当军人不光是靠知识和经验，也靠天分。二十九岁的少校是年轻的少校，是天分让他比他同届的保定军校毕业生上升得快。他认为在这种情况下，潜入敌后是天分给他的设想，尽管是胆大妄为的设想。

戴涛碰上第一股破城而入的日本兵是在凌晨五点左右。这一小股兵力似乎专门进城来找吃的，把每一幢搜不出食物的房子点着。就这样他们进入了戴涛藏身的院子。一直退到最后一进院子的戴涛发现进来的日本兵只有七八个，他的手痒痒了。也许两颗手榴弹就可以把他们解决。放着好打的仗不打就是有便宜不占的王八蛋。戴涛摸摸屁股上别着的两颗手榴弹，犹豫这样做是否值得。但好的军人不仅有知识、经验、天分，还得有激情；就是脑子一热便投入行动的激情。在上海跟日本人打仗的那股解恨劲头上来了。

他心怦怦跳地埋伏在后院堂屋里。窗外是一条小巷，窗子已经被他打开了，只需两秒钟就能从那里出去。此刻他浑身兴奋，丢失南京城的窝囊感全没了。

日本兵进了最后一进院子，进入他视野。他一手拿着手枪，牙齿咬在手榴弹的导火线上，拉开，默数到三下，第四下时，他轻轻把它扔出去。他要让这点炸药一点儿不浪费，所以手榴弹必须落在最佳位置爆破。他扔出手榴弹的同时，已侧过身，然后扑向窗口。基本训练从不偷懒的戴涛在此刻尝到了甜头，他翻窗的时间连两秒钟都不到，眨眼间已落在墙根下。

得承认日本兵的训练也不差，没被炸死的两个兵很快接近了后窗。枪弹在他左边的树干上，右边的断墙上打出花来，过了一会儿，他发现自己的左肋挂了花。

这时竖在他面前的是一面高墙，不远处的火光照亮墙内楼宇上的一个十字架。他想起来，这是一所美国人的教堂。他马上决定，进入教堂的唯一途径是墙外的梧桐树，树干疤结累累，正是他攀登的脚踏，每一步攀登，左肋的弹孔就涌出一股热血。

爬上墙头，他看见七八个十字架。这是一片墓地，种着几棵柏树和一些冬青树，戴涛看中了一个小庙似的建筑。他迅速钻到它的拱顶下，坐下来，解开自己的纽扣，从挎包里拿出紧急救护包。他用手指试探了一下伤口，估计里面没有子弹，比他想象得好多了，现在要想办法把血止住。刹那他已是鲜血洗手，被血湿透的棉衣成了冰冻的铁板，又冷又沉。

他把伤口包扎好，冷得牙齿磕碰得要碎了。玩具似的洋庙堂是个考究的墓堡。他心想，死在这里倒也沾了陌生死者的光。

到天亮时，他发现自己居然睡了一觉。

这时，他听见一群女人的吵闹声。心里默默一算，算出这天是一九三七年十二月十三日。怎么这里会有这么多女人？

天亮后他决定藏在墓地里养养伤，有吃的捞点吃的，有喝的捞点喝的。

戴涛潜伏在威尔逊教堂两天，谁也没见过他，他却见过了这里面的每一个人，包括我姨妈和她的同学们。他在夜里可是闲不住，巨大的野猫一样悄无声息地在教堂领土上行走侦探。他在秦淮河女人的地下室通气孔外面趴了近半小时，记住了她们每张面孔。

那几串山芋干和洗礼池的水养活了他两天。他已明白这是个山穷水尽的教堂，要是没有山芋干，他从日本兵枪口下捡回的命此刻也会丧失给饥饿。

六

晚餐时豆蔻走进餐厅。她自己也知道自己不好,很不识相,绣花鞋底蹭着老旧的木板地面,讪讪地笑道:"有汤呢!"

女孩们看着她,相信她们这样的目光能挡住世上最厚颜的人。而豆蔻没被挡住。

"我们就只有两个面包,好干呐。"豆蔻说。

没人理她。陈乔治一共做了四条面包,十六个学生和两个神甫以及两个男雇员才分到两个。有干的还想要稀的,她以为来这里走亲戚呢?

"你们天天吃面包吃得惯啊?我是土包子,吃不来洋面包。"豆蔻把桌上搁的汤桶倾斜过来,往里面张望,汤只剩了个底子,有几片煮黄的白菜和几节泡发了的面条。豆蔻进一步厚起脸皮，拿起长柄铜勺。那勺子和勺柄的角度是九十度，盛汤必须得法，如同打井水，直上直下。像豆蔻这样不知要领，汤三番五次都倒回了桶里。女孩们就像没她这个人，只管吃她们的。

"哪个帮帮忙？"她厚颜地挤出深深的酒窝。

一个女孩说："谁去叫法比·阿多那多神甫来。"

"已经去叫了。"另一个女孩说。

豆蔻自找台阶下，撇着嘴说："不帮就不帮。"她颤颤地掂着脚尖，把勺柄直向桶的上方提，但她胳膊长度有限，举到头顶了，勺子还在桶沿下。她又自我解围说："桌子太高了。"

"自己是个冬瓜，还嫌桌子高。"不知谁插嘴说。

"你才是冬瓜。"豆蔻可是忍够了，手一松，铜勺跌回桶里，"咣当"一声，开场锣似的。

"烂冬瓜。"另一个女孩说。

豆蔻两只眼立刻鼓起来："有种站出来骂！"

女孩们才不想"有种"，理会她这样的贱坯子已经够抬举她了。因此，她们又闷声肃穆地进行晚餐。但豆蔻刚往门口走，又有人说："六月的烂冬瓜。"

说这话的人是徐小愚。

"烂得籽啊瓤啊都臭了。"苏菲说。

豆蔻回过身,猝不及防地把碗里的汤朝苏菲泼去。豆蔻原本不比这些女孩大多少,不通书理,心智更幼稚几分,只是身体成熟罢了。女孩们憋了满心焦虑、烦闷、悲伤,此刻可是找到了发泄的出口,顿时朝豆蔻扑过来。一个女孩跑过去,关上餐厅的门,脊梁挤在门上。豆蔻原本是反角儿,现在变成了她们的仇敌。门是堵住了,但豆蔻清脆的脏话却堵不住,从门缝传出去,法比老远就听见了。伙夫陈乔治嫌他走得慢,对他说:"打了有一会儿了,恐怕已经打出好歹来了!"

果然如此,门打开时,豆蔻满脸是血,头发被揪掉一撮。她的手正摸着头上那铜板大的秃疤,把烛光反射在上面。陈乔治赶紧过去,想把豆蔻从地上扶起来。她手一推,自己爬了起来,嘴还硬得很:"老娘我从小挨打,鸡毛掸子不知在我身上断了几根,怕你们那些嫩拳头?十几个打我一个,什么东西!"

女孩们倒是受了伤害那样面色苍白,眼含泪珠。十几个女孩咬定是豆蔻先出口,又先出手。她们所受的伤害多么重?那些脏得发臭、脏得生蛆的污言秽语入侵了她们干干净净的耳朵,她们一直没得到证实的男女脏事终于被豆蔻点破了。

法比叫乔治把豆蔻送回地下室的仓库。不久陈乔治回来告诉法比,说赵玉墨小姐想见副神甫。法比说:"不见!"

他被自己的粗大嗓门儿吓了一跳。并且,陈乔治受惊的脸也是一片镜子,照出他的恼怒和烦躁有多么突兀。他转身向英格曼神甫的居住处走去,走得飞快,心里说:呸,你以为你赵玉墨使了两下媚眼就勾住我了?我就落下什么把柄在你手里了?想见我就见得着?……呸!一定要想法把她们送走,坚决向英格曼神甫请愿,把她们塞进安全区,塞不进也塞,日本人在安全区天天找花姑娘,让她们给日本人找去拉倒!……真的拉倒?

法比的脚步突然慢下来,他悲哀地发现他的心没那么硬。

法比·阿多那多六岁时,父母在传教途中染了瘟疫,几乎同时死去,母亲这词的意义对于他是阿婆。叫是叫阿婆,其实阿婆比他母亲只大几岁,阿婆是从他生下来就抱他、背他的人。阿婆又松又软的大奶子是他童年的温柔乡,只要一靠着它们,他就安然入睡。父母去世后,他的真阿婆来到中国。外祖母是个穿一身黑、又高又大、满头卷发的女人,他躲在他的中国阿婆身后,怎么也不敢跟他的亲阿婆行见面礼。外祖母是来带他回美国去的,乡镇上一个中学教员艰难地给双方做翻译,法比听了这个噩耗后偷偷逃跑了。

那是稻子刚刚打下的时节,到处都有稻草垛可藏。夜里法比溜回阿婆的草房,摘下阿婆晾在草檐下的老菱干、年糕干,带回稻草垛给自己开饭。阿婆养的十二只麻花鸭在哪里下蛋,法比都知道。法比总是在阿婆去河边拾鸭蛋前把鸭蛋截获,磕开生喝。当阿婆察觉自己的东西不断丢失是因为家贼,心里便有数了,寡妇阿婆何尝没有私心,想留住法比?

法比的外祖母清理了女儿女婿的遗产,变卖了能变卖的家具衣物,徒劳地等了法比半个月,最后受不了中国江北村庄的饭食、居住、如厕和蚊蚋,终于放弃了带外孙回国的计划,跟阿婆所在村的族长说,一旦找到法比,一定请乡镇那位中学教员用英文给她写信,她再来接他。

但法比的外祖母从此没收到任何来自中国江北农村的信。到了法比成人时,他暗自为自己儿时的重情和任性后悔过,那是他被英格曼神甫收为神学院学生的时候。法比的亲外祖母离开后,法比跟阿婆一起去投奔阿婆的一个远房亲戚,这位亲戚是法比父母的朋友,也是他把阿婆介绍给法比父母做帮佣的。阿婆从此便为这个亲戚浆洗打扫,法比和这家的少爷们同吃同住。当十七岁的法比从扬州的教会中学毕业,正逢英格曼神甫到学校演讲,神甫对法比这个长着西人面孔的中国少爷非常好奇,主动和法比攀谈起来,在英格曼神甫离开扬州回南京的时候,替他拎行李的,就是法比·阿多那多,他是在英格曼神甫微笑着从讲台上走下来,走向自己的时候才意识到,他十七岁的生命那么孤独,他永远不可能是个中国人。英格曼神甫优雅淡定的风度像他的口才和知识一样,在一小时内收服了年轻的法比,他这才悟到自己从来就不甘心做一个中国人。他也明白,英格曼神甫对他亲和也是因为他是个西方人,神甫似乎暗示他,让法比接着混在中国人里,继续做中国人就糟蹋了他。英格曼和法比交谈着,像马群里立着两只偶遇的骆驼,一见如故,惺惺相怜。

法比从南京神学院毕业后,在神学院兼任教授的英格曼神甫为法比申请了奖学金,去美国进修三年。法比找到了他在美国的一整个家族,有了长幼一大群亲戚。他在跟他们团圆时把头皮都抓破了;他一紧张不安头皮就会爬满蚂蚁般的痒。这时他发现自己也做不了美国人,他觉得跟美国亲戚们热络寒暄的是一个假法比,真法比瑟缩在内心,数着分秒盼望这场历史性血缘大会晤尽早结束。

他轻轻敲了敲英格曼神甫起居室的门,英格曼请他进去。神甫跟法比的关系一直完好地保持在初次见面的状态,没有增进一度亲密,英格曼神甫假如是你的隔壁邻居,他会在头次见面时亲切真诚地跟你说:"认识你真好!"但几十年邻居做下来,他也还是"认识你真好"!他可以让熟识感凝固,让情谊不生长也不死。

"有事吗,法比?"英格曼神甫问道。他没像往常一样客套地让座。

本来法比是来向英格曼神甫报告女学生和豆蔻冲突的

事,催促英格曼把妓女们送往安全区。但他一走进英格曼的客厅,就感到神甫满心是更加深重的忧患,他要谈的话在此气氛中显得不和时宜、不够分量。英格曼神甫正从无线电短波中接收着国外电台对于南京局势的报道,他看了匆匆进来的阿多那多一眼,又转向收音机。法比陪着他沉默地听着嘈杂无比的广播,眼睛浏览着岁月磨旧了的乳白色柜子,原先的色泽沉暗了,一块块大小不等的白色长方形和椭圆形是各种相框留下的印记。在空袭初期时,英格曼神甫怕轰炸会震坏镜框,就让阿顾把它们摘下来,收藏起来了。法比记得每一帧不在场的相框所框着的内容,因为几十年来英格曼神甫从未移动过它们,或者替换过它们。最大的垂直椭圆形印记是英格曼神甫母亲的肖像留下的。这张肖像最初只是一张极小的照片,放在他父亲留给他的一个怀表后面,经过高明的放大和精细的修补,肖像看上去半是科学半是艺术。左下方,那个长方形空白是英格曼的毕业全身照留下的,也是英格曼曾经竟然年轻过的证据。右下方的横卧椭圆形,原先挂着教皇接见英格曼神甫的照片。

英格曼神甫像是跟自己说:"看来是真的——他们在秘密枪决中国士兵。刚才的枪声就是发自江边刑场。连日本本国的记者和德国人都对此震惊。"

今天凌晨五点多,枪声在江边响起。非常密集的机关枪声。当时英格曼神甫疑惑，是否中国军队还在抵抗。可是据安全区的负责人告诉他，没有来得及撤退的中国军队已全部被俘。把收音机的新闻和今天清晨的枪声拼到一起，英格曼对法比说："日本竟然无视国际战俘法规，挑衅文明和人道？你能相信吗？这是不是我认识的那个日本国的人？"

"要想法子弄粮食和水。不然明天就没有喝的水了。"法比说。

英格曼神甫明白法比的意思：原先设想三天时间占领军就会收住杀心，放下屠刀，把已经任他们宰割的南京接收过去，现在不仅没有大乱归治的丝毫迹象，并且杀生已进入惯性，让它停下似乎遥遥无期。法比还有一层意思：神甫当时对十几个窑姐开恩，让她们分走女学生们极有限的食物资源，马上就是所有人分尝恶果的时候。

"我明天去向安全区去弄一点粮食，哪怕土豆、红薯，也能救两天急，决不会让孩子们挨饿的。"神甫说。

"那么两天后呢？"法比说。"还有水，怎么解决？"

"现在是一小时一小时地打算！活一小时，算一小时！"

法比听出英格曼来火了。英格曼不止一次地告诉法比，他希望法比克服"消极进攻性"，争论要明着争，批驳也要直接爽快，像绝大部分真正的美国人。法比的"消极攻击性"是中国式的，很不讨他喜欢。

英格曼看着法比说："关于水，你有任何建设性的正面建议吗？"

"赵玉墨说，她们逃过来的时候，路过一口塘，南京我算熟的，不记得附近有塘，不过她说她是看见的。"我想天亮前让老顾去找找看。

"好的，你这样就很好。你看，办法已经出来了。"英格曼神甫奖赏给法比一个笑容，跟他一贯优雅、缺乏热度的笑容完全不同。

法比心里一阵感慨，他跟了英格曼这么多年，就在这十分钟内见到神甫恼火和真笑。看来这个隔壁邻居多年来成功保持的生疏感，很可能要打破。

英格曼神甫说："叫孩子们到教堂大厅去。"

法比说："她们应该都睡了。"

"去叫她们吧！"

七

　　女孩们已就寝,听到法比传唤很快摸黑穿上衣服,从阁楼上下来。她们进入教堂大厅时,看见法比坐在风琴前,英格曼神甫穿了主持葬礼的袍子。她们觉得大事不好,情不自禁地相互拉起冰冷的手,女孩间天天发生的小背叛、小和解,小小的爱恨这一刻都不再存在,她们现在是一个集体、一个家庭。

　　因为没有风琴手——风琴手和学校其他师生陆续离开了南京,法比此刻只能充一充数。他在神学院修了一年音乐,会按几下风琴。风琴是立式的,平时供女学生们练唱用,现在包着一条旧毛毯,发出伤风感冒的音符。

　　书娟明白,一定是谁死了,包着毛毯的琴音是为了把丧歌拢在最小范围内。

整个大厅只点三支蜡烛,所有窗子拉下黑色窗帘。防空袭时,南京每幢建筑都挂着这种遮光窗帘。

法比的琴声沙哑,女孩们用耳语嗓音唱完"安魂曲"。她们还不知道为谁安魂,不明白她们失去的是谁,因此她们恍惚感觉这份失去越发广漠深邃。南京和江南失去了,做自由国民的权利失去了,但好像失去的不止南京和江南,不止做自由国民的权力。这份不可名状的失去让她们一个个站立在那里,像意识到灭顶危险而站立起来的、无助无辜的一群幼兔。

英格曼神甫带领她们念了祈文。

书娟看到英格曼神甫和受难耶稣站得一前一后,他的影子投到彩塑圣者身上,圣者的神韵气质叠合在活着的神甫脸上。

"孩子们,我本来不愿惊扰你们的。但我必须要让你们有所准备,局势并没有向好的方向发展。"他低沉而简短地把无线电里听到的消息复述一遍。"假如这消息是真的——成千上万的战俘被一举枪杀了,那么,我宁愿相信我们又回到了中世纪。对中国人来说,历史上活埋四十万赵国战俘的丑闻,你们大概并不陌生。不要误以为历史前进了许多。"神甫停止在这里。他嗓音越来越涩,中文越来越生硬。

入夜时分,书娟躺在徐小愚旁边。小愚抽泣不断,书娟问她怎么了,她说她父亲那么神通广大,没有他走不通的路子,怎么这时候还把她扔在这个鬼院子里,没吃、没喝、没烤火炭盆。

书娟耳语说:"我父母这时候在美国喝咖啡、吃培根蛋呢!"

她在几个月后知道,那时她母亲时时活在收音机的新闻播报中,父亲从学校一回家便沉默地往无线电旁边一趴,只要两人一对视,彼此都知道对方心里过了一句什么话:"不知书娟怎么样了?"

南京的电话电报都切断了,书娟父亲设法找到了一个中国领事馆的官员,得到的回答非常模糊,南京的情况非常糟,但没有一件噩耗能被确证。她父亲又设法把电话打到上海一个朋友家,朋友说租界已经有所传闻,日军在南京大开杀戒,一些黎民百姓被枪杀的照片,也被撤出南京的记者带到了上海,在租界流传,就在书娟紧挨着抽泣的同学怨艾地设想他们享受培根蛋时,他们正打听回国的船票,他们被悔恨和内疚消耗得心力交瘁,抱定一个中国信念:"一家子死也要死在一块。"

"要是我爸来接我走,我就带你一块走。"小愚突然说,使劲摇摇书娟的手。

"你爸会来接你吗？"

"肯定会来！"小愚有些不高兴了。怎么可以这样轻视她有钱有势、手眼通天的父亲呢？

"明天来，就好了。"书娟对小愚父亲的热切盼望不亚于小愚。这时候做小愚的密友真好，正是时候，能沾小愚那么大的光，从日本军队的重围里走出南京。

"那你想去哪里？"小愚问。

"你们去哪里我就去哪里。"

"我们去上海吧。英国人、法国人，还有美国人的租界不会打仗。上海好，比汉口好。汉口土死了，都是内地人。"

"好，我们去上海。"书娟这时候可不敢反对小愚，万一小愚把她的青睐投向别人，就沾不上她的光，就要留在南京这座死人城了。虽然她觉得这样依顺小愚有失身份，但她想以后的日子长着呢，有的是时间把面子补回来，加倍地补。

隐约听到门口响起门铃声。所有女孩在三秒钟之内坐起，然后陆续挤到窗口。他们看见阿顾和法比从她们窗下跑过去。阿顾拎着个灯笼先一步来到门前，法比追上去，朝阿顾打着猛烈的手势，要他熄灭灯笼，但是已经太晚了，灯笼的光比人更早到达，并顺着门缝到达了门外。

"求求大人，开开门……是埋尸队的……这个这个当兵的还活着，大人不开恩救他，他还要给鬼子枪毙一次！……"

法比存心用洋泾浜中文话说:"请走开,这是美国教堂,不介入中、日战事。"

"大人……"这回是一条流血过多、弹痕累累的嗓音了:"求大人救命……"

"请走开吧! 非常抱歉。"

埋尸队队员在门外提高了嗓音:"鬼子随时会来! 来了他没命,我也没命了! 行行好! 看在上帝的面上,我也是个教徒! "

"请带他到安全区去! "法比说。

"鬼子一天到安全区去几十次,搜中国军人和伤兵! 求求您了! "

"很抱歉,我们无能为力。请不要逼迫我违背本教堂的中立立场。"

不远处响了几枪。

埋尸队队员说:"慈善家,拜托您了! ……"然后他的脚步声便沿着围墙远去。

法比不知道该怎么办,他不能让门外的中国士兵流血至死或再上一回刑场,也不能不顾教堂里几十条性命的安危。

英格曼神甫此刻从夜色中出现,仍然穿着主持葬礼的袍子。

"怎么回事? "他问阿顾和法比。

"外面有中国伤兵，从日本人枪葬现场逃出来的。"法比说。

英格曼神甫喘息着，一看就知道，他脑筋里也没一个想法。

"求求你们！"伤兵一口外地口音，字字都是从剧痛里迸出来的。

"现在不开门也不行，伤兵要是死在我们门口，倒更会把我们扯进去。"法比用英文说道。

英格曼看看法比。法比不无道理，但教堂失去中立地位，失去对女学生们的保护优势，这风险他冒不起，他说："不行。可以让阿顾把他送走，随便送到别的什么地方去。"

阿顾说："那等于送掉他一条命！"

伤兵在门外呻吟，非人的声音，一听就是血快流尽了。

从书娟的窗口看，穿着黑衣的两位神甫和阿顾像下僵了的棋盘上的三颗棋子。催促英格曼神甫开门的也许是"血要流尽了"那句告白。他果断地从阿顾手里拿过钥匙，"哗啦"一声打开那把牢实的德国大锁，拔开铁制门闩，卸下铁链。好了，门沉重地打开了，女孩们释然地喘口长气。

但英格曼神甫又以更快、更果断的动作把门关上，把来者关在了门外。他哗啦哗啦地打算上锁，但动作极不准确，法比一再问他，他都不说话，终于，锁又合上。

"外面不是一个,是两个!两个中国伤兵!"他说,神甫明显感觉自己的仁慈被人愚弄了。

埋尸人的嗓音又响起来:"那边有鬼子过来了!骑马的!……"

看来,刚才他是假装走开的,假装把伤员撂下,撒手不管。他那招果然灵,对经历了一次枪决血快流干的伤兵,这些洋僧人不可能也撂下不管,英格曼神甫刚才果然中计,打开了门。他谎称只有一个伤员,也是怕人多教堂更不肯收留。

"真听见马蹄声了!"阿顾说。

连书娟都明白,骑马的日本兵假如恰好拐到教堂外这条小街,门内外所有人都毁了。

"你怎么可以对我撒谎?明明不止一个伤兵!"英格曼神甫说,"你们中国人到了这种时候还是满口谎言!"

"神甫,既然救人,一个和一百个有什么区别?"法比说。他是第一次正面冲撞他的恩师。

"你住口。"恩师说。

虽然门外的人不懂门内两个洋人的对话,但他们知道这几句话之于他们生死攸关,埋尸队成员真急了,简短地说:"马蹄声音是朝这边来的!"

英格曼神甫揣上钥匙,沿着他来的路往回走去。刚走五六步,一个黑影挡住他,影子机敏迅捷,看得出它属于一个优秀军人。

书娟旁边的苏菲发出一声小狗娃的哼唧。仗打进来了，院子就要成沙场了。

"马上把门打开！"偷袭者逼近英格曼神甫，远处某个楼宇烧天火一般，把光亮投入这院子，一会儿是这里一摊光亮，一会儿又是那里一摊。光亮中，女孩子们看见军人端着手枪，抵住英格曼神甫的胸口，一层黑袍子和干巴巴的胸腔下，神甫的心脏就在枪口下跳，书娟想，要是军人敏感些，一定能感觉到那心脏都跳疯了，混乱的搏动一定被枪管传导到了他手上。

法比从英格曼神甫手里夺过钥匙，把门打开，放进黑乎乎的一小群人，一架独轮车上躺着一具血里捞出来的躯体，那个能说话的伤兵挂着一根粗粗的树干，推独轮车的是个五十来岁的男人，穿件黑色马夹。

门关上不久，从街口跑过来几个日本骑兵，哼哼唱唱、嘻嘻哈哈，似乎心情大好。

门内的人都成了泥胎，定格在各自的姿态上，等着好心情的日本兵远去。全副武装的军人两手把住手枪，只要门一开，子弹就会发射。直到马蹄声的回响也散失在夜空里，人们才恢复动作。

书娟对小愚小声说："我们下去看看。"

"不能去！"小愚拉住她。

书娟自顾自地打开阁楼的盖子，木梯子延伸下去。她听见小愚跟其他女孩说："看孟书娟！没事找事！"

书娟很不高兴小愚的做法。她原来只是私下拉小愚进行一次秘密行动，小愚马上把她出卖了。她从梯子上降落到工场里，轻轻拔开门闩，把门开得够她观望全局，书娟在任何情况下都不愿做被瞒着的人，她知道瞒她是照顾她，但她对这种照顾从不领情，包括父母为了照顾她，从来不让她知道他们夜里吵了架，为什么吵。有时她看着母亲红肿如鲜桃的眼睛，问她是否哭了一夜，母亲还微笑着否认，似乎不瞒她就是对她不负责任。

此刻书娟站在开了半尺宽的门口，看见院里的仗还没打出分晓。独轮车成了进攻的坦克，嘎吱作响地碾过教堂门口的地面，持手枪的军人现在是他们的尖刀班，书娟看见奇怪的黑马夹的胸前后背都贴着圆形白布，她断定这就是埋尸队员们的统一服饰。

"阿顾，马上去把急救药品拿来，多拿些药棉和纱布，让他们带走。"英格曼神甫的意思很明显，此处不留他们这样的客人。

持短枪的人并没有收起进攻的姿势，枪口仍然指着英格曼神甫："你要他们去哪里？"

"请你放下武器和我说话，"神甫威严地说，"少校。"

他已辨出了军人的军阶。军人的军服左下摆一片暗色，那是陈了的血。

他说："神甫，很对不住您。"

"你要用武器来逼迫我收留你们吗？"英格曼说。

"因为拿着武器说话才有人听。"

英格曼神甫说："干吗不拿着枪叫日本人听你们说话呢？"

军人哑了。

神甫又说："军官先生，拿武器的人和我是谈不通的。请放下你的武器。"

军官垂下枪口。

"请问你是谁，怎么进来的？"法比问持枪者。

"这里有什么难进？我进来两天了。"军人说，"本人是七十三师，二团少校团副戴涛。"

一阵咬耳朵的声音传来，针锋相对的人们刹那岔了神。书娟稍微探出身，看见以红菱为首的五六个女人从厨房那边走过来。这下她们不会再叫"闷死了"！她们看见了独轮车里血肉模糊的一堆，都停止了交头接耳。这些女人也是头一次意识到，这院子里的和平是假象，她们能照常嬉笑耍闹也是假象，外面血流成河终于流到墙里来了。

"日本人什么时候行刑的？"神甫看着独轮车里的伤兵问道。

"今天清早。"埋尸队队员回答。

"日本人枪毙了你们多少人？"少校问道。

"有五六千。"挂拐的上士说，这是悲愤和羞辱的声音，"我们受骗了！狗日的鬼子说要把我们带到江心岛上开荒种地，到了江边，一条船都不见……"

"你们是一五四师的？"少校打断他。

"是，长官怎么知道？"上士问。

姓戴的少校没有回答。上士的方言把他的部队番号都告诉他了。"赶紧找个暖和地方，给他包扎伤口。"少校说。就像他攻占了教堂，成了这里的主人了。

推车的、架拐的正要动作，英格曼神甫说："等等。少校，刚才我救了你们一次，"他指指大门口，"我没法再救你们。有十几个十来岁的女学生在教堂里避难，让你们待下来，就给了日本人借口进入这里。"他的中文咬文嚼字，让听的人都费劲。

"他们如果出去，会被再枪毙一次。"少校说。

红菱此刻插嘴："杀千刀的日本人！……长官，让他们到我们地窖里挤挤吧！"

"不行。"英格曼神甫大声说。

"神甫,让他们先包扎好伤口,看看情况再说,行吗?"法比说。

英格曼神甫说:"不行。这里的局势已经在失控。没有水,没有粮食,又多了三个人……请你们想一想,我那十六个女学生,最大的才十四岁,你们在我的位置上会怎么做?你们也会做我正在做的事,拒绝军人进入这里。军人会把日本兵招惹来的,这样对女孩子们公道吗?"他的中文准确到了痛苦的地步。

上士说:"没有我们,日本人就不会进来了吗?没有他们不敢进的地方!……"

英格曼顿了一下。上士的辩驳是有力的。在疯狂的占领军眼里,没有禁区,没有神圣。他转向少校:"请少校体谅我的处境,带他们出去吧!上帝保佑你们会平安到达安全地带。上帝祝你们好运。"

"把他推到那里面。"少校对埋尸队队员指指厨房。"给他们一口水喝,再让我看看他的伤。"少校像是根本听不懂英格曼神甫的中国话。

"不准动。"英格曼挡在独轮车前面,张开的黑袍子成了黑翅膀。

少校的枪口又抬了起来。

"你要开枪吗?开了枪教堂就是你的了。你想把他们安置到哪儿,就安置到哪儿。开枪吧!"英格曼在中国度过大半生,六十岁是个死而无憾的年纪。

少校拉开手枪保险。

法比嘴大张了一下,但一动不动,怕任何动作都会惊飞了枪口里的子弹。

独轮车上的伤兵哼了一声。谁都能听见那是怎样痛苦的垂死生命发出的呻唤。这声呻唤也让人听出一股奶声奶气来,一个十四五岁的男孩刚变声的嗓音。少年士兵疼成那样,人们还在没完没了地扯皮,在如此的疼痛面前,还有什么是重要的?连生死都不重要了。

"好吧,你们先处理一下伤口再说。"英格曼神甫说。

"水已经烧热了!"陈乔治一直悄悄地参与在这场冲突和扯皮中,虽然一言未发,但立场早就站定,并自作主张地开始了接待伤员的准备,现在,洗礼池中最后的饮用水已在锅炉里加热了。

陈乔治忙不迭地给独轮车带路,拄树干的上士跟在后面。窑姐们此刻都从地下室上来了,一声不吱地看着半死的小兵和跛腿上士,看不出是嫌弃还是恐惧,既像夹道送葬又像夹道欢迎。

姓戴的少校正要跟过去,英格曼神甫叫住他。

"少校,把你的枪给我。"

军官皱起眉："这洋老头想什么呢？日本人还没能缴他的械呢！"

"你如果想进入教堂的保护，必须放下武器。本教堂的优势是它的中立性，一旦有武装人员进驻，就失去了这个优越性。所以，把你的枪给我。"

少校看着他的异族浅色眼睛说："不行。"

"那我就不能让你待下来。"

"我不会待下来的，可能也就待一两天。"

"在这里待一分钟，你也必须做个普通公民。如果日本人发现你带着武器待在这里，我就无法为你辩护，也无法证明教堂的中立地位。"

"如果日本人真进来，我没有武器，只能任他们宰割。"

"放下武器，你才能是普通难民在这里避难。否则，你必须立刻离开。"

戴少校犹豫着，然后说："我只待一夜，等我从那两个伤兵嘴里打听到日本人屠杀战俘的情况，我就走。"

"我说了，一分钟也不行。"

"少校，听神甫的吧！"法比在一边说道。"你自己伤得也不轻，从这里出去，没吃没喝，到处是日本兵，你能走多远？至少把伤养养，身体将息一阵再走。"他的江北话现在用来讲道理倒挺合适，听起来像劝村子里一对打架的兄弟。

戴少校慢慢地把枪保险关上，"咔嗒"一声。然后他把枪口掉了个头，朝向自己，让枪把朝着英格曼神甫。

书娟看出他的不甘心，正如她刚才也看出神甫被迫让步时的不甘一样。

八

那个上士名字叫李全有,小兵叫王浦生,这是我姨妈孟书娟和她的同学们第二天就知道的。小兵的兵龄才一个月,是从家门口的红薯地里直接给拉进兵营,套上军装的。套上军装当天,他得到一把长枪、一条子弹带,然后被拉到打谷场上,学了几个刺杀动作,操练了几个射击姿势,就被拉到了南京。他连一枪都没有捞到放,因为长官说子弹太金贵,都留到战场上去放吧。可是他在战场上也只捞到放几枪,就挂了彩,整个大部队投降的时候,他还不太明白他的军旅生涯已经结束了,他十五岁的一条命,也差不多结束了。

上士李全有的左腿受伤很重,挨了四刀,膝盖后面的筋被扎断了,因此这条腿像是他身体上最先死亡的一部分,无力而碍事地被他拖着。他和王浦生如何被枪杀，以及他们又如何逃生，是戴少校一再追问才问出来的，最开始，戴少校一问他，他便说："提它呢？娘那×，老子可没那么窝囊过！"或者说："啥也不记得了！"直到第三天，喝了点酒，他才把事情始末告诉少校，酒当然是教堂浮财，是女人们偷出来给军人们的，那个时候军人们和女人们已经处成患难知己了。

故事被戴少校讲给了法比，法比又转告了英格曼神甫。等我姨妈书娟以及其他女学生听到，已经掐头去尾，支离破碎。书娟大起来之后，又碰见已经辞退神职的法比·阿多那多，从法比那里又听了一次李全有和王浦生的故事，那时，法比讲出来的故事是经过他记忆和想象编辑的，故事不连接的地方，被他多年来掌握的有关那场战争的宏观知识填补了。并且，在法比把这故事讲给成年后的书娟之前，已经给无数人讲过，在讲述中故事不断被完善和逻辑化。所以书娟在八十年代听到老年法比讲的故事，就比较丰满，甚至文学化。

故事是这样的，李全有和王浦生所在的部队在宣誓"人在城在，打到最后一个人"之后的第二天，就失去了和总指挥部的联络。就是说，他们的长官不知道接下来去往哪里打、怎么打。也无法知道敌人的进攻方向。长官们还不知道，他们已被更大的长官出卖了，前线上稍微先进些、完好些的无线电装备,此刻已经被装上车船,往后方运送。一支三百架飞机的空军部队,是蒋总统唯一的空中战斗力量,因此也让他当做政府的细软给裹带到了重庆。在南京打算死守的部队没有侦察到敌军位置,因此炮兵失去了发射方向。步兵是由不同地方调来的,失去无线电为他们彼此联络,谁也不知道该配合谁、增援谁,有的部队只差一步就能阻止敌人破城了,但是伤亡过重,弹药耗尽,而就在他们附近的友军因为毫不了解情况,把增援的机会错过了。

在该增援友军而按兵不动的部队中,有个三十岁的老兵油子,上士班长就是李全有,等日本兵攻破友军的阵地,从他们身边大踏步进入城市,他们才意识到他们是一盘棋中死去的棋子。

好在天色暗下来,他们和敌人稀里糊涂地交错过去。夜里,他们被自己的长官出卖了。上尉以上的军官都在天黑之后跑光了。清晨来了一架日本直升机,还有个汉奸在大喇叭里喊话:"中国士兵们,大日本皇军优待俘虏!只要你们放下武器,等着你们的是大米饭、热茶和皇军的罐头鱼肉!……"到此刻,中国士兵们已经三四天没闻到大米饭的味道了。飞机围着山头转,山坡上的柏树下,都是仰着头的中国士兵。过了一会儿,飞机转回来,大喇叭里的汉奸变成了日本婆娘,用日本舌头唱了一支中国歌。飞机再次转回来时,满天都是白纸张、黄纸张、粉红纸张。中国士兵捡起那些纸张,有个别认字的人说:"这是日本人撒的传单,要咱投降!"有识字识得多的,便说:"这上面说了,保证不杀不打,保证有吃有住,还说只要抵抗就剿尽杀绝。南京所有的中国军队都投降了,都在受优待呢!"还有一张传单不那么客气,说日本皇军的等待不是无限的,假如到明天清晨五点还不投降,什么都晚了。

夜里,中国士兵们把各种可能性都讨论了。李全有是他们连队的班长,向排长提出,可以化整为零趁天黑逃走,能不能逃出去,可以碰碰运气。排长说:"你想到的,恐怕日本人都想到了。"另一个上士班长说:"咱拿着这些传单,要是日本人说话不算数,咱能找他评理,这些传单白纸黑字,都是凭据!这儿还印着他们司令官的名字,他敢赖不成?"

有的传单上印着投降和投降条例;第一,把武器搜集成一堆;第二,士兵按班、排、连列成队伍,打头的举白旗——白色床单或白色衬衣都行;第三,每个士兵军官都必须把双手举过头,从隐藏的地方走出来,日本军队提倡秩序,扰乱秩序者一律严惩。

李全有一口干粮都没有,但烟还有半袋。他装了一锅又一锅烟,想打定主意,是跟大部队一块投降,还是悄悄猫下来,或者趁天黑偷偷摸出去,如果他有一口吃的,他都不会跟着投降。所有弟兄都掏出烟,相互让着,又潮又冷的气息被密实的松树、柞树吐出,在夜里灌进几千个饿汉的血肉,唯有抽烟能给他们一点舒适。

他们不知道,正在此刻,比他们少十倍的日本兵在山坡下看着满坡密密麻麻的烟头上的火星,感到有些畏惧:这毕竟是一个壮大的军事集体,万一传单散布的诈降失败,是很难对付的。

李全有最终放弃了逃走和潜伏的打算。投降的结果是已知的,至少日本人的传单让他们看到朦胧的下一步,逃亡和潜伏的结果却未知。还有李全有跟他所有的战友一样,在凶吉未卜的时候,总是相信集体的决定,集体是几千人的胆量相加,就是一份毁灭的危险被几千人分承,也容易受得多。

清晨五点,中国士兵们的第一杆白旗升起。那是一个号兵举着的一条白床单。床单是一个团长逃跑之后遗忘的。床单被裁成四块,分别发到四个团里,雾刚刚起来,等中国战俘到了日本兵跟前,才发现如此悬殊的敌寡我众。昨夜要是突围应该能突围出去,因为他们没有无线电设备,无法知道中国军队的全盘局势,被敌人钻了空子。

这支部队里有个命最大的,一直活到八十多岁,活到二十世纪九十年代中。这个老兵从全世界集中的历史资料中得知,日军在一九三七年攻打南京时多么无耻、诡诈,如何早早谋划好骗局,离间中国军队,同时一支一支部队地进行诈降。他们从一开始就没有一丝诚意执行《日内瓦国际战俘条约》。八十多岁的老兵看着一队戴相同遮阳帽的日本旅行团,心被一句痛骂憋得疼痛。

那是后话。现在我还得回到李全有的故事中来。

从另一条小路上,走来的是一支轻伤员队伍,其中有个脑袋扎在三角巾里的少年。李全友的连队奉命在岔路口停下,等伤兵的队伍先过去,似乎受降的日本兵想得很周到,让伤员最先进入他们"有吃有住"的安全环境。这个时候,李全有和小兵王浦生还是陌路人。

在四面白旗的带领下,中国战俘们沉默地走上公路。隔着十米会有一个横着长枪的日本兵押解,有时还会冒出个中国翻译,叫战俘们:"跟紧了啊!走快点!"碰到这样的汉奸,战俘队伍里总会有一两个人问他们:"日本人要把我们送到哪里去?"

"不晓得。"汉奸会这么回答,脸跟押解的日本兵一样空白无内容。

"前头有饭吃、有水喝吗?"某战俘会问。

"那还能没有?"汉奸说。

"日本人真的不打不杀?"

"不杀!赶紧往前走!"

真有一些钻牛角尖的中国战俘，怀里揣着那些传单，他们见到汉奸，会把传单拿出来，让汉奸看看，他们抱的希望是有根据的，不是虚妄的，应该找日本人兑现。

这些跟汉奸们交流过一两句的战俘很快会成为队伍里的转播站："真不杀？""他说不杀……""真给饭吃？""他说给。"

传着传着，话就越发顺着他们的心愿变幻："到前头就有饭吃了！再走一会儿就到了！日本人从来不杀战俘！……"

再走一阵，吃的和住的还是无头绪，战俘们前一刻落实的心又悬浮起来，相互间再次打听："刚才你听谁说有饭吃？""听你说的！""我说了吗？我是说恐怕快要发饭了……""那再找个翻译问问！"

到了上午十点多，雾开始散了，他们来到一片炸塌了的厂房外。日本军官和翻译交待了几句，翻译拿着铁皮话筒对中国战俘喊话："中国官兵们，请大家在这里稍事休息，等待上面命令。"

一个中国兵胆子很大，大声问道："是在这里开饭吗？"

日本军官生铁般的目光指向他，所有中国战俘的心都一冷，这哪里像给饭吃、给住处的样子？

他们看到两天前经过的城市现在生息全无，空得闹鬼。

翻译又领授了日本军官的意思，再次向中国战俘喊话：

"开饭地点在江边,开了饭,就用轮船把你们运送到江心岛上,在那里开荒种地。日军的军需口粮,以后要由诸位来供给……"

所有中国战俘都被这个交待安顿下来。不管怎么样,这是个可信的交待,他们进一步看到自己的下一步,尽管饿得站不住,心情好了一些。翻译接下去又说:"在此休整时期,大家需要暂时忍耐一下,配合一下日军官兵,把手让他们绑起来……"

铁皮喇叭还在饶舌,中国士兵们已经大声表示疑惑了:"好好的绑我们的手干什么?"

"他们有枪,我们赤手空拳,还要捆我们?"

"不干!"

一片闹事的声音起来了。

一个日本军官吼叫一声,所有刺刀一块进入刺杀预备动作。

中国士兵们安静了,队形缩小一点。

铁皮喇叭开始转达日本军官的意思:"捆绑正是怕大家不守纪律,失去控制,上船过江,在船上乱起来是很危险的,皇军是考虑到你们的安全。"

汉奸把嗓子都喊毛了,还是没有打消中国战俘们的疑惑。

有一个中国战俘跟翻译对喊:"把我们手绑起来,到江边让我们怎么吃饭？"

翻译回答不上来。中国战俘们都被这句话提醒了，没错，日本人不是说到江边开饭吗？怎么又说捆绑是为了上船的秩序？都绑上了怎么端碗拿馍？日本兵就这么些，人手够喂我们的吗？就是相信他们，我们该信哪句话？

日本军官凑到翻译跟前，问中国战俘又闹什么？翻译含着微笑，把日本军官前后矛盾的计划指出来。

日本军官思考了一会儿，跟翻译嘀咕了一阵，翻译转身，扬起大喇叭说："中国士兵们，中佐认为你们言之有理，他考虑欠周到。这样，大家先就地宿营，等联系好伙食供给部门，再通知大家。"

李全有和战友们被日本兵押进了工场的空地，五千多战俘把这厂房内外塞得爆满，谁想偷点空间伸个懒腰、打个盹儿都不行。过分的疲惫和饥饿还是让战俘们直直坐着睡着了。他们在天暗下来时陆续醒来，没一个人还有力气从地上站起来。

李全有的位置靠外围，离他一步远，就是一把长长的刺刀，他顺着那刺刀往上看，看到一张空白无内容的脸。一个十八九岁的日本兵，李全有问："水？有水吗？"

日本兵看着他，把他当做一匹骡子或一件家具看。

李全有做了个喝水的手势，心想看一个木板凳的目光也不会比这日本兵的目光更麻木了。

"喝水！……"另一个中国战俘跟李全有一块要求，一边比划一边唅叨，把两个中国字念得又慢又仔细，似乎被念慢了的中国字，就能当日本字听得懂了。

日本兵还是一声不响，一动不动。

好几个中国战俘都参加进来，对日本兵连比画带念叨："水！水！水！……"

李全有说："装什么王八蛋？明明懂了！不给饭吃，水都不给喝一口！"

"水！……水！……"

更多的中国战俘请求。

日本军官有一声吼叫，枪栓拉开了。

中国战俘们低声议论："早知道不该进到这破厂子里头来，跟他们拼都舞弄不开手脚！"

"要拼早上就该拼，那时肚子没这么瘪！"

"早知道昨夜里就拼，咱那么多人、那么多条枪！"

"要知道日本人就这点人，才不理它传单上说的呢！非拼了不行！"

"行了，那时候没拼，现在后悔有屌用！"李全有总结道。

翻译此刻又出现在中国战俘面前："中国官兵们，因为后勤供给的故障，只能让大家再忍耐一会儿，渡到江心岛再开饭……”

“肯定有饭吃？”

“中佐先生向大家保证！已经跟江心岛上的伙夫们说妥了，准备了五千人的馒头！”

“五千人的馒头！”中国战俘们一片议论。任何具体数字在此刻都增大信息的可信度。

“不知道一人能给几个馍？”

“能管饱不能？”

“船得走多长时间才能到岛上？”

翻译又说：“所以，船已经在江边等着了，现在请各位配合，排好队列走出来……”

中国士兵们几乎用最后的体力站起身，每人都经过了三四秒的天旋地转、两眼昏黑才渐渐站稳。多数人背上和额头上一层虚汗。他们走出坍塌的工场大门时，翻译口气轻松地说：“请大家配合，把双手交给日军捆绑，为了上船的秩序，只能请大家委屈一会儿！……”

黄昏中看一柄柄刺刀似乎显得比白天密集。几十支手电筒的光柱在中国战俘的脸上晃动。汉奸继续说：“只是为了万无一失，不出乱子，请大家千万别误会！”

李全有觉得日本人的森严和汉奸的友善有点不相称。他连琢磨分析的体力都没了。这一天的饥饿、干渴、恐怖、焦虑真的把他变成一条会走动的木板凳了。

又是一个小时的行军，听到江涛时，天上出来一轮月亮，队伍从双列变成单列，渐渐到达江边，最后一队战俘到达江边时，月亮已经明晃晃地当空了。

中国战俘们一个个被反绑两手，站在江滩上，很快就有人打听起来："船在哪里呢？怎么一条船也没有？"

翻译官不知去了哪里，他们只有自问自答：恐怕一会儿要开过来吧，这里不是码头，不能靠船，恐怕船停在附近的码头上了。

江风带着粉尘般细小的水珠，吹打着五千多个中国战俘。

"那我们在这儿干什么？"有人问。

"等船吧？"有人答。

"不是说船在等我们吗？"

"谁说的？"

"那个汉奸翻译说的。"

"他说的顶屁用！这里又没有码头，船怎么停？当然要停在附近码头，等咱上船的时候再开过来。"

"那为啥不让咱就到码头上去上船呢？"

这句话把所有议论的人都问哑了。问这句话的人是李全有的排长，二十一岁，会些文墨也有脑筋。李全有从排长眼睛看到了恐惧，排长一到江滩上就打量了地形。这是一块凹字形滩地，朝长江的一面是凹字的缺口，被三面高地环抱。从高地下到滩上来的路很陡，又窄，那就是日本兵让中国战俘的双列纵队编为单列的原因。谁会把装载大量乘客的船停靠到这里？不可能。

排长让李全有看三面高地的顶上，站着密密麻麻的日本兵，月光照着他们的武器，每隔一段就架设着一挺重机枪。

"这是怎么了？还等什么呢？"

这样的提问已经没人回答了，战俘们有的站不住了，坐下来，饥饿干渴使他们驯服很多，听天由命吧！

这样等把月亮都从天的一边等到了另一边，船还是没来。本来冻疼、冻木的脚现在像是不存在了。被捆着绳子的手腕也从疼到木再到不存在。

"妈的，早知道不该让他们绑上手的！"

"就是，要是手没绑着，还能拼一下！"

"传单上还有他们司令官的名字呢！"

"还要等到什么时候？不冻死也要饿死了！"

李全有不断地回头，看着三面高地上的日本兵，他们看起来也在等待，那一挺挺机关枪是十足的等待姿势。从月亮和星辰的位置判断，这是三更天。

过了四更，中国战俘们多半是等傻了，还有一些就要等疯了。伤员们你依我靠地躺着，有的是几个合盖一件棉大衣或棉被,此刻都哼唧起来:三更的寒冷连好好的皮肉都咬得生疼,漫说绽裂的皮肉了。只有一个少年伤兵睡熟了,就是王浦生。

此刻王浦生打盹儿的地方离李全有隔着七八个人。伤员们得到一项优待;不被捆绑。

李全有又一次回过头,看见三面高地上的日本兵后面的天色亮了一些,把密密匝匝的钢盔照得发青。他刚把脸扭过来,就听见一声轻微的声响,轻得他不能确定是不是错觉。那声音应该是持指挥刀的军官干脆利落的手势——刀刃把气流一切为二的声响。李全有是个聪明也狡猾的士兵,会打会杀,也会逃会躲。尤其后两种本领,使他当兵当到而立之年,还全须全尾。

就在他听到这微妙声响时,他脑子一闪,他要第一个倒下。这就是说,在他不信赖任何人,尤其不信赖敌方的老兵的内心,冥冥中知觉自己和五千多个兄弟在走进日本人下的套。日本人下套的用心是什么,他一直猜不透,但他明白套已经完满地收口。下套的人都不会有良好用心,因此他在听到这一声轻微响声时,眼睛迅速地打量了一下周围的脚边。他离江水三四丈远,没指望朝那儿逃生,脚的右边有一处略凹的地面。

此刻所有中国战俘都听到金属摩擦的声音。有人说:

"他们要干啥？"

回答他的是十几挺同时发射的机关枪。

而李全有已照准他看好的凹处卧倒下去。

一个战友的身躯砸在他身上，抽动着，头颅耷拉在他的背上，他立刻浸润在热血和脑浆的淋浴中；另一个身躯朝一边滚了一下，又朝另一边滚，顺着坡势滚到凹处，最后李全有觉得自己的下腹被重重地压住。垂死的生命力量真大呀！压住他的躯体不断向上拱起，腰部被撑成一个弧形，疼痛使躯体重复这个高难度的杂技动作，但每重复一次，弧度都在缩小，扁平下去，生命的涟漪就这样渐渐平复。李全有明白，人的脏腑原来也会呼唤，拱动的人体从脏腑深处发出的声响真是惨绝人寰，又丑陋之极。

枪声响了很久，盖在李全有身上的尸体被毫无必要地枪杀了再枪杀，每一次被子弹打中，那渐渐冷却的肉体都要活一次，出现一个不小的震动，震动直接传达到李全有体里，扩散到他的知觉和魂魄里，因此他也等于一次次中弹。

等到四周安静了，战友流在李全有身上的血和其他生命液体已凝固到冰点，日本兵们从高地上下来。他们开始是设法在遍野的横尸中开路，发现很艰难，有的皮靴干脆踏到尸体上去，他们叽里呱啦地抱怨什么，或许靴子被血和泥毁了。他们一边走一边用刺刀和脚尖拨拉着中国士兵的尸首，昨天他们还相信要去吃馒头和罐头鱼呢!善良好欺的中国农家子弟,就这么被诱进了圈套。日本兵们打着哈欠,聊着,顺便朝那些看去有一点活气的尸体上扎几刀,李全有就这样听着他们一路聊过来、扎过来。

李全有的一条腿感觉着潮冷的江风,但愿日本兵能忽略它,错把它当一条死去的腿。几分钟之后,他那条露天的腿就被一个日本兵盯上了,"扑通"一声,刺刀进入了他大腿上那块厚实的肌肉。肌肉本能地收紧,使刺刀往外拔的时候有些费劲。李全有一口暴出唇外的牙咬得铁紧,把那条腿伪装成毫无知觉的尸体一部分。一点动弹就会前功尽弃,招致第二次枪杀。第二刀下来了,扎在第一刀下面一点。钢刀的利刃刺进皮肉,直达骨头的声响,李全有自己都能听见。他整个身体都是这宰割声音的音响,把声音放大了若干倍,传播到脑子里。因此,在钢铁和肉体的摩擦声使脑子"嗡"的一下,全部的知觉、记忆、思维都刹那被抹去,成了一片白亮。等到第四刀扎下来时,李全有觉得膝盖后面什么东西断了,断了的两头迅速弹回大腿和小腿,那是一根粗大的筋,这个断裂让他脑子里的白亮漫开了,漫向全身。

彻底的安静让李全有苏醒过来,他不知道自己昏迷了多久,但他知道自己活着,饥饿和干渴都过去了,他全身来了一股重生般的热力。

他等待着机会,一直等到天再次暗下来,他才在尸体下面慢慢翻身。这个翻身在平常是绝不可能的,再高难度的军事训练也不能让任何军人完成它,他的两手被绑在身后,一条腿废了,全部翻身动作只能依靠一条腿。

大概花了一个钟头,他才由伏倒翻成侧卧,侧过来就方便了,可以用一边肩膀,一条腿爬行,他小心地挪动,把动作尽量放小,现在他不能确定日本兵已经撤离了刑场,天色越来越深暗,他越小心地行进引起的伤痛便越猛烈,他不断停下,抹一把掉进眼里的汗滴。夜晚来临时他走了五六米远,这五六米的强行军把他浑身汗湿,两天的干渴居然不妨碍他出汗。他这是想往江边爬,无论如何要饮饱水再作下一步打算。

这次他停下来,是因为听到了轻微的声音,他浑身大汗马上冷了,难道日本兵真留下看守死尸的人了? 他喘也不敢喘,用肩膀堵住大张着的嘴,再听一会儿,那声音说的是中国话:"……这里……伤兵……王浦生……"

李全有寻找着,四周没一个像活着的,他屏住呼吸,一动不动,那声音再次出来:"……救命……"

他听出这是个男娃娃的嗓音,临时抓壮丁抓来的男娃娃不少。男娃娃把自己的虫鸣当做呼喊,以为方圆几里都该听得见。

李全有找到了同样被尸体掩盖的王浦生，他的肚子挨了一刀，要不是一具尸体的小腿搭在他肚子上，他就被大开膛了。李全有见王浦生两个嘴角往面颊上裹的绷带里一扯一扯，知道小兵疼得欲哭无泪，便说："不许哭！哭我不带你走了！你得想想，咱这是多大的命、多大的造化，才活下来的！"

小兵绷住了嘴。李全有让小兵想法子解开他绑在背后的双手。小兵用他毫无气力的手开始作业。解了一个多钟头，两人几次放弃，最终还是解开了。

现在以四缺一的肢体行动的李全有方便多了。他先爬到江边，同伴的尸体在江水上筑了一道坝，他得把一些尸体推进水里。然后他灌了一肚子血腥冲脑的江水，然后又用一顶棉军帽浸透水，爬回王浦生身边，把帽子里的水拧到小兵嘴里。小兵像得到乳房的婴儿一样，干脆把湿帽子抱住，大口吮吸。

等两人都喝饱水，李全有和王浦生并肩躺着，嘴里各自斜着一根烟杆。李全有自己的烟杆一直揣在身上，他为王浦生在近旁的尸体身上摸到一根烟杆。

"娃子，现在咱弄了个水饱，再抽一袋烟，精神就提上来了，咱就开路逃生去。"

王浦生十五年抽的第一袋烟是在死尸堆里，这是他怎样也料不到的。他学着李全有吸一口，吐一口，希望李全有说的是真的，真能靠它长精神。

"人没水喝，三天就死，有水喝，要活好大一阵呢！"李全有说。

一袋烟的时间在这个死人滩上就是大半辈子，烟抽完，李全有觉得王浦生再是个负担他也撂不下他了，但带着肚肠流出来的小兵逃生，靠自己不全的四肢，几乎不可能，李全有在抽烟时已经看好了路线，三面高地环抱的江滩，只有一面有爬上去的可能，日本人相中这块滩地行刑，考虑是周全的。相中这块地形，也在于它容易处理尸体，把它们全推进江水就妥了。

李全有在一具连长的尸体上找到了一个急救包，把它撕开，拉出里面的急救绷带和药棉。急救包里还有一小管药膏，李全有估计它无非是消毒、消炎的药膏，便将它敷在药棉上，对着王浦生肚子上那个窟窿一堵。王浦生"嗷"了一声。

"看天上，咋飞来飞机了！"李全有说。

王浦生用疼得泪哗哗的眼睛瞪着夜色四合的天空，李全有把露在表皮外的那一小截肠子给杵了进去。

这回王浦生"嗷"都没"嗷"就昏死过去了。

李全有想，好在饿了两三天，肠子饿得干净透亮，感染的危险小一些。他在王浦生身边等着，等小兵醒来好带他走。小兵万一醒不来，他就独自逃。

小兵王浦生的气息非常微弱，将断不断。有几次，李全有的手指尖已经感觉不出一丝热气从小兵嘴里出来，但仔细摸摸，发现小兵的心脏还在跳。

李全有知道，越等下去，逃生的可能性就越小，敌人最终会来处理这几千具尸体，也许天一亮他们就要来了。而这个年轻的小兵就是不醒来。他发现自己紧紧攥着两个拳头，不是因为腿伤的剧痛，而是因为等待的焦灼。

也许李全有动摇过，想抛下小兵王浦生独自逃生。但他在向戴涛讲述这段经历时，没有承认，他说他绝不可能那么缺德，得到王浦生的帮助，解开了捆绑，而反过来把生死未明的小兵扔下，他坚守着王浦生，守到天蒙蒙亮。

天启明时，王浦生醒了，一双黑亮的眼睛在尸体一般灰白的脸上睁开。他看看躺在他身边的李全有，两人合盖着一件被血浆弄的梆硬的棉大衣。李全有说："娃子，咱得走了。"

娃子说了一句话，但太轻了，李全有没听清。

"啥？"

娃子重复一遍。李全有明白了，娃子说自己走不了，宁可死在这里，也不想再遭那疼痛的大罪。

"你让我白等你一夜？"李全有说。

王浦生求他再等等，等他肚子不疼了，一定跟他走。

李全有看看越来越白的天色，把王浦生一条胳膊背在自己肩上，他还算训练有素，能单腿趴着走，肩上还拽着个人。小兵不到一担麦重，这是好处。

雾气从江里升上来，可以当烟雾弹使，这又是个好处。大好处。

爬了几尺远，听见雾里传来脚步声。李全有趁着雾的掩护，立刻挤到两具尸首中间。心在舌根跳，一张嘴它就能跳出来。

脚步声在三面高地上响着。不是穿军靴的脚发出的脚步声，接下去李全有听见有人说话了："……有好几千人吧？……"

是中国话！

"还看不清，雾太大了。狗日的枪毙这么多中国兵！"

"个狗日东洋鬼子！"

从口音分辨，这几个男人说的是南京地方话。并且年纪都在四五十岁，李全有分析着。

"那我们才这几个人，要干多少日子才能把尸首处理掉？"

"个狗日的东洋鬼子！……"

他们骂着、怨着，走到高地下面。

"都甩到江里,还不把江填了?"

"快动手吧,不然狗日的说不定就来了!"

男人们蚂蚁啃骨头一般动作起来。

李全有想,现在暴露比一会儿暴露可能有利一些,因为日本人随时会出现,就是这些中国人想救他,在日本人眼皮下也是救不成的。

于是他喊了一声:"哪位大哥,救命!"

所有的议论声刹那静下来,静得江涛打在尸体上的声音都显得吵闹。

"救命!……"

第二声呼喊招来了一个人,这人谨慎地迈腿,在尸体的肩、头、腿、臂留的不规则空隙中艰难地前进。

"在这儿!"李全有用声音在大雾中给他导航。

有一个人带头其他人便胆大了,从尸山尸海里辟出的小径朝李全有和王浦生走着,他们几乎同时下手,把李全有和王浦生抬起,向高地的一面坡走去。

"不要出声!"抬着李全有的一个人说,"先找个地方把你们藏起来,天黑了再想办法。"

从江滩到高地顶上,李全有得知这种穿清一色黑马夹的人是日本军队临时征用的劳工,专门处理秘密枪毙的中国战俘。

这些埋尸队队员在苦力结束后,多半也被枪杀了,但在一九三七年十二月十五日的清晨,埋尸队队员尚不知道等在前面的是同样的惨死。没被枪杀的有些因为投靠了日本人,做了最低一档的汉奸,有些纯粹是因为幸运,还有个把聪明的,在后期觉得靠干这个挣薪水口粮(挣得还不错)不是什么好事,突然就消失了。总之,是埋尸队中活下来的个别人,把他们的经验告诉了我姨妈那类人——那类死了心要把一九三七年十二月到一九三八年春天日本兵在南京屠城的事件追究到底的人。

军人们进入教堂的第二天早上,阿顾失踪了。

九

　　阿顾是天没大亮时出去打水的,到了天大亮,他仍然没
回来。

　　法比·阿多那多来到地下室,问赵玉墨她是否把去水塘
的路线跟阿顾讲清楚了。赵玉墨确信她讲清楚了,并且阿顾
说他知道那口小水塘,是个大户人家祠堂里的水塘,供那大
户人家夏天养莲。

　　法比说:"那阿顾去了三个多钟头了,还没回来!"

　　法比从两件袍子里挑了一件稍微新一些的换上, 又用
毛巾擦了擦脸。他要去找阿顾,万一日本人麻烦上了阿顾,
他希望自己这副行头能助他一点威风。不找阿顾是不行的,
连担水的人都没有,像陈乔治这样的年轻男子,一律被日本

人当中国战俘拉走枪毙，或者砍头，据最后两个撤出南京的美国记者说，日本兵把砍下的中国人脑袋当奖杯排列照相，在日本国土上炫耀。

法比按照玉墨讲的路线沿着门口的小街往北走，到了第二个巷子，进去，一直穿到头。街上景观跟他上次见到的相比，又是一个样子，更多的墙黑了，一些房子消失了，七八只狗忙忙颠颠地从他身边跑过。狗在这四天上了膘，皮毛油亮。法比凡是看到一群狗聚集的地方就调开视线，那里准是化整为零的一具尸首。

法比右手拎着一只铅桶，随时准备用它往狗身上抡。吃尸体肉吃疯了的狗们一旦变了狗性，改吃活人，这个铅桶可以护身。从巷子穿出，他看见一片倒塌的青砖墙，是一片老墙。断墙那边，一汪池水在早上八点的天光中闪亮。池塘边阿顾活不见人，死不见尸。也许阿顾碰到了什么好运，丢下苍老的英格曼神甫和他自己微薄的薪水离去了。也可能阿顾被当成苦力被日本人征到埋尸队去了。尸体时时增多，处理尸体的劳务也得跟着增长才行。

池塘里漂着枯莲叶。这是多日来法比看见的最宁静和平的画面，他将铅桶扔进塘中，打起大半桶水，沿来路回去。这点水对于教堂几十口人来说，是杯水车薪，必须用英格曼的老宝贝福特运水。

法比回到教堂，将福特的后排座拆出去，把教堂里所有的桶、盆，大锅都搜集起来，塞到车上。第一车水运回来，陈乔治煮了一大锅稀粥，每人发了一碗粥和一小碟气味如抹布、口感如糟粕的腌菜，但所有人都觉得是难得的美味。

地下室里的女人们和女学生们已经好几天不漱不洗，这时都一人端一杯水蹲到屋檐下的阴沟边，先用手绢蘸了杯子里的水洗脸，再用剩的水漱口刷牙。

玉墨用她的一根发带沾上水，细细地擦着耳后、脖根，那一点点水，她舍不得用手绢去蘸，她解开领口的纽扣，把刚用水搓揉过的绿发带伸到上半部胸口，无意间发现法比正呆呆地看着她，她小臂上顿时起了一层鸡皮疙瘩。某种病恹恹的情愫在她和法比之间曲曲扭扭地生长，如同一根不知根植何处的藤，从石缝中顶了出来。

等法比第三次去那小池塘打水时，就发现了阿顾的去处。祠堂前面居然驻着一个连的日本兵，是他们把阿顾打死的。法比断定出这样一个始末，阿顾担着两个水桶走到池塘边，正好碰见几个日本兵需要他的水桶，阿顾不懂他们叫唤什么，日本兵觉得让这个中国人懂他们的意思太费劲，就一枪结果了阿顾。中了弹的阿顾懵头懵脑地逃跑，却是在往池塘中心跑，追上来的第二颗子弹使阿顾沉进水里。

那口池塘实在太浅了，法比运了三趟水，扎在淤泥里的阿顾就露出了水面。法比蹚着没膝的泥污，把阿顾往岸上拖，拖着拖着，法比感觉到自己有了观众：十多个日本兵不知什么时候出现在他身后，十几个枪口都对准他。但法比的脸一转过去，枪口便一个挨一个地垂下去。法比的白种人面孔使他得到了跟阿顾不同的待遇。

这一次法比的车没有装水，装回了阿顾。黑瘦子阿顾被泡成了白胖子，英格曼神甫简单地给了阿顾一个葬礼，将他埋在后院墓地。

女学生们这下知道，这两天喝的是泡阿顾的水，洗用的也是泡阿顾的水，阿顾一声不响泡在那水里，陈乔治用那水煮了一锅锅粥和面汤……

书娟感到胃猛一动，两腮一酸，一股清凉的液体从她嘴里喷出。

她从阁楼上下来，想让新鲜空气平复一下恶心。

这时她看见地下室仓库透气孔前面站着几个同学，是徐小愚、苏莫，第三个叫刘安娜。安娜也是个孤儿，那天徐小愚向同学们出卖了书娟，书娟一直不痛快她，睡觉时用背朝着她。徐小愚可不缺密友，马上就用刘安娜填了书娟的空。书娟猜出，徐小愚的父亲假如此刻来接女儿，徐小愚会请求父亲带走刘安娜而不是她孟书娟。尽管这样，书娟也铁下心决不主动求和。

书娟发现女同学们在看什么。从离地面两尺多高的、扁长的透气孔看进地下仓库，可以看到一个宽肩细腰的男子背影，虽然法比借给他的绒线衣嫌宽嫌长，但肩膀脖子还是撑得满满的。这是能把任何衣服都穿成军服的男子。女学生们都知道二十九岁的少校叫戴涛，在上海抵挡日军进攻时打过胜仗，差点儿把日军一个旅赶进黄浦江，这段经历是英格曼神甫跟戴少校交谈时打听出来的。戴少校对撤离上海和放弃南京一肚子邪火，并且也满脑子不解。从上海沿线撤往南京时，按德国将军亚历山大·冯·法肯豪森指导建筑的若干钢筋水泥工事连用都没用一次，就落花流水地溃退到南京。假如国军高层指挥官设计的大撤退是为了民生和保存军队实力，那么由国际安全委员会在中、日双方之间调停的三日休战，容中方军队安全退出南京，把城市和平地交到日方手中的协议，为什么又遭到蒋介石拒绝？结果就是中国军队既无诚意死守，也无诚意速撤，左右不是地乱了军心。英格曼神甫和戴涛少校在这样的话题中有着共同兴趣。

受伤的小兵王浦生被窑姐们套上了貂皮大衣，绷带不够用，换成了一条条花绸巾。本来就秀气的男孩，经这么打扮，几乎是个女孩子，他靠在地铺上，铺边坐着豆蔻，各人手里拿着一把扑克牌、一本旧杂志搁在两人之间当牌桌。

从透气孔看不清地下仓库的全貌，谁挪进"西洋镜"的画面就看谁。现在过来的是赵玉墨，她低声和戴少校交谈着什么，没人能听见两人的谈话，无论我姨妈孟书娟怎样紧绷起听觉神经，也是白搭。她有些失望，戴少校对玉墨这种女人也会眉目传情，令十三岁的书娟十分苦闷。

　　既然我姨妈书娟无法知道玉墨和戴涛的谈话，我只好凭想来填补这段空白，在日本兵的屠杀大狂欢的缝隙中，一个名妓和一个年轻得志的军官能谈的无非是这样的话。

　　"头一眼看到你，就有点面熟。"

　　"不会吧？你又不是南京人。"

　　"你也不是南京人吧？在上海住过？"

　　"嗯，生在苏州，在上海住过七八年。"

　　"最近去过上海？"

　　"去过好几回。"

　　"跟谁去的？有没有跟军人去过？就在今年七月？"

　　"七月底，正热的时候。"

　　"一定是那个长官把你带到空军俱乐部去了，我常常到空军俱乐部去混。"

　　"我哪里记得？"

　　玉墨笑起来，表示她记得牢靠得很，就是不能承认，那位长官的名声和家庭和睦是很要紧的。

　　是红菱的叫嚷打断了玉墨和戴涛的窃窃私语。

"我们都是土包子,只有玉墨去过上海百乐门,她跳得好!……"

红菱是在回答上士李全有的请求。李全有请红菱跳个舞给他看。

所有女人都附合红菱:"玉墨一跳,泥菩萨都会给她跳活了!……"

"何止跳活了,泥菩萨都会起凡心!"

"玉墨一跳,我都想搂她上床!"

这句话是叫玉笙的粗黑窑姐说的。

戴少校说:"玉墨小姐,我们死里逃生的弟兄求你一舞,你不该不给面子吧?"

"就是,活一天是一天,万一今晚日本人来了,我们都没明天的!"红菱说。

李全有似乎觉得自己级别不够跟赵玉墨直接对话,都是低声跟红菱嘀咕几句,再呲着大牙笑嘻嘻看红菱转达他的意思。

"谁不知道南京有个藏玉楼,藏玉楼里藏了个赵玉墨,快让老哥老弟饱饱眼福!"红菱替李全有吆喝。

"人老珠黄,扭不起来了!"玉墨说着已经站起身。

书娟必须不断调整角度,才能看见赵玉墨的舞蹈,最初她只看到一段又长又细又柔软的黄鼠狼腰肢,跟屁股和肩膀闹不和地扭动,渐渐她看见了玉墨的胸和下巴,那是她最好看的一段,一点贱相都没有。肩上垂着好大的一堆头发,在扭动中,头发比人要疯得多。

渐渐地,书娟发现自己两腿盘了个莲坐,屁股搁在潮湿冰冷的石板地面上,身子向右边大腿靠。换个比书娟胖又不如书娟柔韧的女孩,都无法采取她的坐姿。她同时发现,原先在另外两个透气孔看西洋镜的同学都走了,也许是被徐小愚带走的,表示对她书娟的孤立。

玉墨又圆又丰满却并不大的屁股在旗袍里滚动。书娟觉得这是个下流动作。其实她知道,这种叫伦巴的舞在她父母的交际圈里十分普遍,但她认为给玉墨一跳就不堪入目。高等窑姐的眼神直勾勾地看着戴少校,少校的眼睛开始还跟她有所答对,但很快吃不消了,露出年轻男子甘拜下风的羞怯。玉墨却还把少校拉回来,简直是个披着细皮嫩肉的妖怪。

书娟对戴少校越来越失望。一个正派男人知道这女人的来路,知道她这样扭扭不出什么好事来,还笑什么笑?不仅不该微笑,而且应该抽身就走。就像书娟母亲要求书娟父亲所做的那样,任何贱货露出勾引企图时,正派如书娟父亲那样的男人必须毫不留情面地抽身。书娟在夜里听到父母吵架,多半是因为某个"贱货",她始终没搞清那"贱货"是父亲的女秘书,还是他的女学生,或者是个女戏子。但愿那个被母亲一口又白又齐的牙嚼碎再啐出的"贱货"没有贱到赵玉墨的地步。

书娟看着玉墨的侧影,服帖之至:一个身子给这贱货扭成八段,扭成虫了。

现在玉墨退得远了些,书娟可以看见她全身了,她低垂眼皮,脸是醉红的,微笑只在两片嘴唇上,她的声音真圆润,为自己的舞蹈哼着一首歌,那微微的跑调似乎是因为懒惰,或因为刚从卧室出来嗓音未开,总之,那歌唱让人联想到梦呓。

她再次扭到戴教官面前,迅速一飞眼风,又垂下睫毛,盖住那耀眼的目光。我能想象赵玉墨当时是怎样的模样,她应该穿一件黑丝绒,或深紫红色丝绒旗袍,皮肤由于不见阳光而白得发出一种冷调的光。她晋级到五星娼妓不是没理由的,她一贯貌似淑女,含蓄大方且知书达理,只在这样的刹那放出耀眼的光芒,让男人们觉得领略了大家闺秀的骚情。

而我十三岁的姨妈却只有满腔嫉恨:看看这个贱货,身子作痒哩,这样扭!

玉墨移动到李全有面前。李全有是老粗,女人身子跟他只隔两尺距离两身衣裳,浪来浪去,光看没实惠,实在让他受洋罪。他嘿嘿傻笑,掩饰着满身欲望。只有豆蔻一人浑然不觉地跟王浦生玩牌，玩着玩着，小小年纪的新兵也被赵玉墨的舞蹈俘虏了。

"出牌呀！"豆蔻提醒。她扭头一看，发现王浦生从花红柳绿的绷带中露出巴掌大的脸蛋朝着玉墨，眼光在玉墨胸部和腰腹上定住。她在他手背上打了一巴掌。那天夜里埋尸队把李全有和王浦生送来，豆蔻就让出自己的铺位给王浦生。给王浦生清理肚子上的伤口时，豆蔻看见小兵瘦得如纸薄的肚皮裂开一寸半的口子，嘴巴一样往外吐着红色唾沫，还露出一点灰色的软东西。李全有告诉女人们，他当时想把娃子流出来的肠子全杵回去，但还是留了一点儿在外面。只能等法比·阿多那多或英格曼神甫从安全区请来外科医生处理。从那一回，豆蔻就成了小兵王浦生的看护，喂吃喂喝，把屎把尿。

王浦生让豆蔻打了一巴掌，回过神来，朝她笑笑。

根据我姨妈的叙述，我想象的王浦生是个眼大嘴大的安徽男孩，家乡离南京一两百里，从小给大农户扛活，所以军队到他们庄子上抽壮丁，抽的一定就是这种男孩，因为没有人护着他们。这个大孩子在一九三七年十二月十六日晚上对叫豆蔻的小姑娘一笑，嘴角全跑到绷带里去了。豆蔻看着，爱得心疼。豆蔻和王浦生差不多年纪，连自己的姓都不记得，说好像是姓沈。她是打花鼓讨饭的淮北人拐带出来，卖到堂子里的。

豆蔻在七岁就是个绝代小美人，属于心不灵、口不巧、心气也不高的女子，学个发式都懒得费事，打牌输了赌气，赢了逼债，做了一年，客人都是脚夫、厨子、下等士兵之流。挨了五年打，总算学会了弹琵琶。身上穿的都是姐妹们赏的，没一件合身，还有补丁。妓院妈妈说她："豆蔻啊，你就会吃！"她一点儿不觉得屈得慌，立刻说："唉，我就会吃。"她唯一的长处是和谁对路就巴心巴肝伺候人家。

她若想巴结谁就说："我俩是老乡吧！"所以普天下人都是豆蔻的老乡，她若想从客人或者姐妹那儿讨礼物，就说："哎哟，都搞忘了，今天是我生日哎！"所以三百六十天都可能是豆蔻的生日。

豆蔻说："你老看她干什么？"

王浦生笑着说："我没看过嘛！"

豆蔻说："等你好了，我带你到最大的舞厅看去。"

此刻豆蔻妒嫉玉墨，但她从来都懒得像玉墨那样学一身本事。

王浦生说："说不准我明天死了哩！"

豆蔻用手在他嘴吧上一拍，又在地上吐口唾沫，脚上去踏三下。"浑讲！你死我也死！"

豆蔻这句话让红菱听见了，她大声说："不得了，我们这里要出个祝英台了！"

这一说大家都静下来。玉笙问："谁呀？"

红菱不说，问王浦生："豆蔻刚才对你说什么了？"

王浦生露在绷带外面那一拳大的面孔赤红发紫，嘴巴越发裂到绷带里去了。豆蔻说："别难为人家啊，人家还是童男子呢！"

大家被豆蔻傻大姐的话逗得大笑。李全有说："豆蔻你咋知道他是童男子？"

只有玉墨还在跳。她脸颊越来越红，醉生梦死发出的暖意给她上了两片胭脂。

连我十三岁的姨妈都看迷了。

我在写到这一段，脑子里的玉墨不止是醉生梦死的。她还是怀旧的。她在想一个男人，最后一次让她对男人抱幻想又幻灭的男人。那个男人姓张，叫国谟，不过一般人都叫他的字：世祧。张世祧家几辈人经商开实业，到了世祧这辈，张家祖父决定要让长孙世祧成为读书人。在海外读了书的世祧回到南京，在教育部做了个司长。这是张家贴钱也要他做的门面。世祧假如那天不参加同学会的"男子汉之夜"，就不会碰到赵玉墨，若不碰上玉墨，他就不会堕落。他若碰上的是红菱、豆蔻之类，连一句话都不会跟她们说。当然红菱和豆蔻之流，也入不了那样的舞厅。在中央路上的"赛纳"舞厅不大,表演"卡巴拉"的都是一流歌手和舞娘。舞票也很贵,一块大洋一张,有时候当红舞女要三四张舞票才伴一场舞。常有些富家公子小姐背着家人到那里玩。那是赵玉墨守株待兔的地方。那天的玉墨优雅之极,戴一串白珍珠,一看就是真品,捧一本《现代》杂志。她打扮成大户人家的待嫁小姐,还装出一点超龄待嫁小姐的落落寡欢。世祧一帮人一进来就注意到了坐在舞厅侧边扶手椅上的小姐。"男子汉之夜"的男人们的猎物就是此类小姐,他们中有人猜她在等自己跳舞的女同学或女同事。也有人猜她是皮鞋不合脚,把脚跳痛了,在短暂养伤。张世祧看着两个朋友上去,邀请她跳舞,都在她委婉的微笑上碰了钉子回来。大家选举世祧去试试运气。

世祧问她肯不肯赏光去喝杯咖啡,她看他一眼,怯生生的,但她还是站起来了。她站得亭亭玉立,等他为她披外衣,就像懂些洋规矩的小姐一样。世祧听见朋友们和着舞乐怪叫,这是一声吵闹的集体醋意。

"小姐贵姓?"

"我叫赵玉墨。先生呢?"

张世祧说了自己的名字,同时想,好一个落落大方的女人,喝咖啡时,他问她在读什么,她就把她刚从杂志上读到的东西贩卖给他。《现代》杂志上都是现代话题,政治、经济、

国人生活方式和健康,电影明星的动向和绯闻。虽然她端庄
雅致,但他觉得她不仅于此次;她不时飞来的一两瞥眼风太
耀眼了,他给刺激的浑身细汗、喉口发紧、心脏肿胀。世桃身
边的女人是从不释放雌性能量的女人,并且很看低有这种
能量的女人。从传统意义上说,男人总是去和他妻子、母亲
那样的女人成立家庭,但从心理和生理都觉得吃亏颇大。成
熟一些的男人明白雌性资质多高、天性多风骚的女人一旦
结婚全要扼杀她们求欢的肉体渴望。把那娼妓的美处结合
到一个良家女子身上,那是做梦;而反之,把淑女的气质罩
在一个娼妓身上,让她以淑女对外以娼妓对你,是可行的。
譬如赵玉墨。她是一个心气极高的女子,至少有一万个心眼
子。对付三教九流,她有三教九流的语言、作派。她从小就知
道自己投错了胎,应该是大户人家的掌上明珠。难道她比那
些掌上明珠少什么吗? 她四书五经也读过,琴棋书画都通
晓,父母的血脉也不低贱,都是读书知理之辈,不过都是败
家子罢了。她是十岁被父亲抵押给做赌头堂叔的。堂叔死
后,堂婶把她卖到花船上。十四岁的玉墨领尽了秦淮河的风
头,行酒令全是古诗中的句子,并且她全道得出出处。在她
二十四岁这年,她碰上了张世桃,她心计上来了:先不说实
话,迷得他认不得家再说。二十四岁的名妓必须打点后路,
陪花酒陪不了几盏了。听她讲身世时,两人已经在一间饭店

的房间里。世桃刚知道做男人有多妙,正在想,过去的三十年全白过了。他旁边躺着他的理想:娼妓其内淑女其表。这个时刻,他还不知道赵玉墨是彻头彻尾的、职业的、出色的名娼妓。

她讲的身世掺了一半假话,说自己十九岁还是童身,只陪酒陪舞,直到碰上一个负心汉。负心汉是要娶她的,她才委身,几年后负心汉不辞而别,她脱下订婚钻戒,心碎地大病一场,差点归阴。她泪美人那样倚在世桃怀里,参透人世凄凉的眼神谁都经不住,别说心软如糯米糍粑并有救世报负的张世桃。世桃不仅没被玉墨的倾诉恶心,还海誓山盟地说,他张世桃决不做赵玉墨命中的第二个负心汉。

赵玉墨的真相是世桃的太太揭露的。张少奶奶在丈夫世桃的西装内兜里发现了一张旅店经理的名片,苦想不出世桃去旅店做什么。家里有的是房子,去旅店能有什么好事呢?张少奶奶照旅店上的电话打过去,上来便问经理:“张世桃先生在吗?”经理称她为:“赵小姐。”张少奶奶机智得很,把“赵小姐”扮下去。“嗯,嗯”地答应,不多说话。经理说:“张先生请我告诉你,他今天下午四点来,晚一小时,请你在房间等候。”

张少奶奶只用了半天工夫就把赵玉墨的底给抠了。她向世桃摊底牌时,世桃坚决否认赵玉墨是妓女。张少奶奶动员世祧所有的同学朋友,才让他相信南京只有一个赵玉墨,就是秦淮河藏玉楼的名娼。这时已太晚。赵玉墨的心术加房中术让世祧恶魔缠身。他说赵玉墨是人间最美丽、最不幸的女子,你们这样歧视她、仇恨她,亏你们还是一介知识分子。

其实让张世祧这种男人浪子回头也省事,就是悲悲戚戚地吞咽苦果,委委屈屈地接受现实,一心一意地侍奉老人和孩子。世祧在欧洲待了六年,他标榜自身最大的美德是人道精神,从不伤害人,尤其是弱者,尤其是已受伤害的弱者。张少奶奶不仅隐忍克制,而且真病假病一起来,眼神绝望,娇喘不断,但一句为难世祧的话都不说,连他每晚去哪里都不过问。这就让世祧的同情心大大倾斜,碰上赵玉墨小打小闹,使小心眼儿和动小性子,他已不觉可爱,他烦了。政府各部门内迁时,世祧本来说好,要给玉墨赎身,再给她买张船票,让她悄悄跟到重庆。出发前夕,世祧送来一封信,说自己在空袭中受了伤,一时去不了重庆,将由张太太陪同去徽州老家的山里静养。随那封信,带给玉墨五十块大洋和一根金条。还不如前面的负心汉,豁出一个钻石戒指。这位相信所有人生下来就平等的教育长官,看玉墨就值一根金条和五十块大洋。

我姨妈书娟此刻悟到,她的母亲和父亲或许也是为了摆脱某个"贱货"离开了南京,丢下她,去了美国。母亲和父亲吵了几个月，发现只能用远离来切断父亲和贱货的情丝。她用自己的私房钱作为资金，逼着父亲申请到那个毫无必要也毫无意义的考察机会。书娟此刻还意识到，她和母亲的生活里是没有赵玉墨这类女人的。要不是一场战争，她们和书娟永远不会照面。男人们在贱货们面前展露的，是不能在妻子儿女面前展露的德行，是弱点。这些寄生在男人弱点上的美丽女人此刻引起了书娟火一样的仇恨。教堂墙外烧杀掳掠的日本兵是敌人，但对于十三岁的女孩来说，到目前为止他们仍是抽象的敌人，而地下仓库里的这些花花绿绿的窑姐，对于书娟，是具体的、活生生的反派。她们连英雄少校也不放过，也去开发他的弱点。

所以她对着透气孔叫了一声："骚婊子！不要脸！"

屋里的声响顿时静下来。

"谁在外面？"玉墨问。

书娟已经从透气孔挪开了，站在两个透气孔之间，脊梁紧贴厨房的外墙。

"臭婊子！"书娟换了一嗓音叫道。"不要脸！"反正里面的人看不见她。

"是不是婊子，日本人都拿你当婊子！"

书娟听出，这是黑皮玉笙的声音。

"你们以为你们跟婊子不一样，扒了裤子都一样！"

这是红菱的声音。

书娟用假嗓子骂道:"臭婊子、骚婊子,不要脸!"

"你们听着,日本人就喜欢拿黄花丫头当婊子!英格曼神甫看到几十个日本兵排队干一个黄花的丫头,老头儿求他们发发善心,差点给他们开枪打死!哪个担保她不是爹妈的千金!"这是叫喃呢的窑姐的嗓音。

书娟发现自己微微张开嘴,好久不咽一口唾沫,喃呢这婊子说的是真的吗?一定不是真的,是当鬼故事编出来吓唬她的。

"安全区都给日本人搜出好几十个黄花丫头来了!"红菱幸灾乐祸地欢呼。

书娟想,原来恐怖不止于强暴本身,而在于强暴者面前,女人们无贵无贱,一律平等。对于强暴者,知羞耻者和不知道羞耻者全是一样;那最圣洁的和最肮脏的女性私处,都被一视同仁,同样受刑。

她突然更加仇恨这些窑姐;她们幸灾乐祸的正是强暴抹除了贵贱之分。

书娟从厨房后面铲来一铲煤灰,浮头上还有一些火星。她走到透气孔跟前,掂量着:就算这一铲热灰有一半能挥进孔里,就算有两团火星落在那些靠男人弱点喂养的贱货脸上,也让她书娟痛快痛快,多少也给女同学们解了恨。要不是这些女人进来,洗礼池里的水一定够她们十六个人喝的、用的,就因为贱货们偷水洗衣服、洗脸、洗屁股,她书娟和同学们才喝了泡阿顾的水,要是水够喝,阿顾也不会出去打水,中了子弹……阿顾在她们翻墙进来的时候,就把自己作为男人的弱点给她们抓住了,所以才倒戈,把她们放进来。

现在连她眼中的大英雄戴少校都用男人的弱点宠她们、纵容她们。少校放下了矜持,放浪形骸起来。少校宁可忍受左胁枪伤的疼痛,也要进入名妓蠕动的怀抱。

书娟发现玉墨一边搂着少校蠕动,一边不断朝透气孔转过脸,她知道书娟还没走,她向女孩示威:在你的骂声中,我赵玉墨又征服了一具灵肉。她还让书娟看看,她也会做红菱、做豆蔻,做一切下九流女人,破罐子破摔,摔给你看。她把漂亮的翘下巴枕在少校宽阔的肩上,两条胳膊成了菟丝,环绕在戴少校英武的身板上。少校的伤让她挤得剧痛,却痛得心甘情愿。她突然给少校一个痴情的诡笑,少校脸上挂起赖皮和无耐的笑容。她感觉到他欲火中烧,他的赖皮笑容答复她:都是你惹的祸呀!

所有窑姐和军人都知道两人眼光的一答一对是什么意思,全都笑得油爆爆的。只有王浦生不明白,拉住豆蔻的手,问她大家在笑什么。豆蔻在他蒙了绷带的耳朵边说:"只有你童男子问呆话!"她以为她是悄悄话,其实所有人都听见了，笑声又添出一层油荤。

书娟比量着铲子的长度，考量应该怎样提高带火星的煤灰的命中率。

"你在那儿干什么？"

煤灰连同铲子一块落到地上。书娟回过头，看着法比·阿多那多。"你要干什么？"他看着地上的煤灰，还有三两个火星眨动。

书娟不说话，只是脊梁贴着墙直立。被老师罚，也不必站这么直。法比个子高，当然是无法从透气孔里看"西洋镜"的。

地下仓库里更欢腾了，还有人击掌，舞步节奏快了一倍，就是要气气骂她们"骚婊子"的人。

法比向厨房的门走去。书娟明白他要去干涉地下仓库那帮男女，再不干涉，秦淮河的生意真要做到教堂里来了。法比刚一转身，书娟就趴在透气孔上。

现在名妓赵玉墨的舞蹈变了，上流社交场子的姿态和神态全没了，舞得非常得艳。那是叫吉特巴的舞蹈，更适合她浪荡妖冶。她舞到人身边，用肩头或胯骨狎昵地挤撞一下他们。她的胯骨撞到戴少校身上时，少校给她撞得忘了老家，撞出一个老丘八的笑来。她赵玉墨再不用拿捏了，可把长久以来曲起的肠子伸直了，她知道骂她"骚婊子"的女孩仍然在做她的观众,她就浪给她看,她的浪是有人买账的,天下男人都买账……

书娟看到地下仓库里的人顿住一下,都往头顶上那个通向厨房的出入口看。书娟知道这是法比在那里叫他们开门。

玉墨只停顿一下就舞下去了。

不知是谁为法比打开了出入口的盖子。法比进到地下仓库时,玉墨对他回眸一笑。

副神甫用英文说:"安静!"

没有人知道他说什么,红菱说:"神甫来啦?请我跳个舞吧!跳跳暖和!"

后来,书娟知道,是小愚带着安娜和苏菲向法比告的状,要法比来干涉窑姐们"劳军"。

法比不像以往那样用纯正的江北话下禁令。他只用带江北口音的英文一再重复:"请停止。"他的脸枯黄衰弱,表情全部去除,似乎对这些窑姐有一点表示,哪怕是憎恶,都抬高了她们。他此刻要表现一种神性的高贵,像神看待蛆虫一样怀有平常心。

果然,一个不声响、无表情的法比使人们收敛了,玉墨首先停下来,找出一根被拧得弯弯曲曲的仕女香烟,在蜡烛上点燃,长长吸了一口。戴少校走到她身边,借她的烟点着自己的烟。

"请大家自重,这里不是'藏玉楼'、'满庭芳'。"法比说。

"哟,神甫,你对我们秦淮河的门牌摸得怪清楚的!"喃呢不识时务,还在跟法比贫嘴。

"神甫是不是上过我们的门?"玉笙更没眼色,跟着起哄吃豆腐。

女人们笑起来。

法比的目光瞟向赵玉墨,意思是:早就知道你的高雅、矜持是冒牌货。现在你本性毕露了,也好,别再想跟我继续冒牌,也别想再用你的妖邪织网,往我头上撒。

"对不起,神甫,刚才大家是太冷了,才喝了点酒,跳跳舞,暖和暖和。"戴少校不失尊严地为自己和其他开释。

"外面情况越来越坏,日本兵刚进城的时候还没那么野蛮,现在越来越杀人不眨眼。"法比说,"他们还到处找女人,见女人就……"他看看玉墨,又横了一眼疯得一头汗的红菱和喃呢。他下面的话不说,她们也明白。

法比离开地下仓库时,回过头说:"别让人说你们'商女不知亡国恨'。"

玉墨的大黑眼睛又定在他脸上。

红菱用扬州话接道:"隔江犹唱后庭花。"

"红菱不是绣花枕头嘛!"一个窑姐大声调笑,"肚里不止麦麸子,还有诗!"

"我一共就会这两句。"红菱说着，又笑。"人家骂我们的诗，我们要背背，不然挨骂还不晓得。"

喃呢说："我就不晓得。豆蔻肯定也不晓得。保证你骂她她还给你弹琵琶。"

豆蔻说："弹你妈！"

法比说："如果你们亲眼看见现在的南京是什么样，看见南京人口每分每秒在减少，就不会这样不知羞了。"

说完转身登上梯子，戴少校似乎清了清喉咙。

法比走到厨房外，沉默地对书娟打了个手势，让她立刻回到阁楼上去。

十

晚上九点多，英格曼神甫从他读书的安乐椅上慢慢起身。几天的缺粮已经给了他另一套形体动作，起身放得很慢，让降低了流速的血液有足够时间回流到头颅里，不至于造成昏厥。他也在这几天中精减了一些动作，使每个动作都绝对经济、绝对必须，不必花费的热卡绝不浪费。

现在他的晚上都在这间不大的阅览室里度过。阅览室隔壁，是教堂的图书馆，藏有教堂七位神甫搜集的书籍，以及从义卖会上花很少的钱买来的书籍。历届外国使节离任，都会举行捐赠或义卖会，把他们认为不值当装船运出中国的物品和书籍以非常便宜的价钱卖出来，或干脆捐赠，反正卖和捐之间没有太大区别。一百来年，教堂图书馆的书去粗取精,分门别类,藏书很全面也很丰富。

英格曼神甫走到壁炉前,扶着壁炉的上框蹲下去,这也是饥饿给他的新动作, 六十岁的英格曼在几天前从不用扶壁下蹲。他的膝盖响得如木炭爆裂。他用火钳把最后那根燃烧了一半的木柴夹起,调整一下它的角度,让它最有效地燃烧。天太冷了。

法比的卧室在图书馆另一边。这时法比仍没有回来。不知为什么,他跟法比的交流冲动总是错位,法比来跟他谈话时,他恰恰在享受孤寂,而他从孤寂中出来,渴望跟法比交谈时,法比或是敷衍,或者根本不见踪影。英格曼神甫悲哀地总结,世上人大概都像他和法比,离不开又合不拢。A 需要 B 时,正是 B 情感自足因而最不愿被打扰的时候;而当 B 需要 A 的陪伴、慰藉和交流时,他的需求对于 A 已成了纯粹的负担。不合时宜的陪伴和交流就是恼人的打扰,为了保证不被打扰,就不要接受他人的陪伴。人和人不是因为合得拢在一块,而是因为拆不开,都在被动地、无奈地陪伴别人,也忍受别人常常成为打扰的因而是多余的陪伴。

现在他正间接地接受着地下仓库的女人和军人的多余陪伴,这份纯粹成了打扰的陪伴。

埋尸队队员把两个中国伤兵送进了教堂的第二天,英格曼神甫就去了安全区。安全区每天被日本兵搜查若干次，青壮年男性百姓都被当隐藏的中国军人拉走了。安全区的几个领导东奔西扑地营救，结果是一次次徒劳。被抓住的青壮年若有一点儿抗拒，当场就被枪毙。于是他把请求安全区接受那几个中国伤病的话吞咽了。他只是悄悄地把正在给排成长龙的病号看诊的罗宾孙医生拉到一边，问他能不能抽一小时到教堂做个手术。什么样的手术？腹部被刺刀扎穿了……英格曼刚说一句，罗宾孙医生紧张地问他，不会是中国战俘吧？英格曼问他怎么知道的。医生告诉他，埋尸队队员里出了败类，把其他队员营救中国战俘的事叛卖给日本人了。日本人一清早就活埋了好几十个埋尸队队员。从此处理战俘尸体都要在日本兵的监视下进行。罗宾孙医生忠告神甫，假如教堂真的收留了逃过死劫的中国战俘，一定要马上送他们走。英格曼神甫从安全区回来，来到地下仓库。那个临时居处还算有体统，图书馆的一块旧窗帘把空间分为两半，男人占一个小角落，剩下的区域归女人。英格曼神甫从来没闻过比那间地下仓库更复杂浑浊的气味；陈年累代的粮食、腌品、奶酪、红酒……它们作为物质的存在已消失，但它们非物质的存在却存留下来，不止存留下来，而是活着；气味们继续发酵，丰富，生长得肥厚浓浑，几十年来这气味的生命繁衍生殖变异，成了个气味王国，任何入侵者都会受到它的凶猛抵抗。英格曼神父从出入口顺着梯子下来时,几乎被气味爆炸炸昏。这个气味王国现在更加丰富,十几个女人和三个男人的体嗅,两大桶排泄物,加上香水、香脂、梳头油、铅粉,烟草……英格曼神甫很快觉得,不仅是他的鼻子受不了,连他的眼睛都受不了了,气味太强烈了,他灰色的眼球感觉到它的辛辣,汪起眼泪。那个时候他已知道,姓戴的军官伤势也不轻,胁骨被子弹打断了,伤口一直有血渗出。重伤号叫王浦生,才十五岁。见英格曼神甫进到地下仓库,小兵躺在那里把右手举到太阳穴,行了个军礼。一看就知道男孩既想讨好他,又畏惧他,生怕他无情地撼卫教堂中立,把他们驱逐出去。英格曼神甫突然改变了嘴里的话。他来时口中排好的第一个句子是:"非常抱歉,我们不能够把你们留在这里养伤。"这时他对着敬礼的王浦生一笑,嘴唇启开,话变成了:"好些了吗?"他知道这就非常难了。假如预先放在舌头尖上的话都会突然改变,他更没法临时调度其他辞客语言。他想说服伤兵们离开教堂,去乡下或山里躲起来。他们可以趁夜晚溜出教堂,粮食和药品他可以给他们备足。而一见王浦生缠满绷带的面孔,整理编辑得极其严谨的说辞刹那便自己蜕变,变成以下的话:"本教堂可以再收留诸位几天。不过,作为普通难民在此避难,少校先生必须放弃武器。"

伤员们沉默了，慢慢都把眼睛移向戴涛。

戴涛说："请允许我留下那个手榴弹。"

英格曼神甫素来的威严又出现了："本堂只接纳手无寸铁的平民。"

戴涛说："这颗手榴弹不是为了进攻，也不是为了防御。"他看了所有人一眼。

英格曼神甫当然明白这颗手榴弹的用途。他们中的两个人做过俘虏，经过了行刑。用那颗手榴弹，结局可以明快甚至可以辉煌。对战败了的军人来说，没有比那种永恒的撤退更体面、更尊严了。走运的话，还可以拖个把敌人垫背。

戴少校头一次被神甫缴械后，偷偷留下了一颗小型手榴弹。这颗德国制造的小手榴弹作为他最后的家当被偷偷藏下来，带进了地下仓库。几个女人偷偷向那时还活着的阿顾检举了这颗手榴弹，因为她们跟一颗进口高级炸弹住在一个空间睡不着觉。阿顾又把这颗手榴弹检举给了英格曼。

"假如你藏着炸弹，就不是手无寸铁的难民了。"神甫说。

叫李全有的上士说："少校，就听神甫的吧！"

戴涛冷冷地对李全有说："让东洋鬼子缴了械，还不够？"

英格曼明白他没说出的话更刺耳，现在还要让西洋鬼子缴械？

戴涛对李全有和王浦生说："现在你们是我的下级，我是你们的长官，你们只有服从我的本分。"

此刻叫赵玉墨的女人从帘子那边走进来，温情地看着每个男人，似乎她是一个大家庭的年轻主妇，希望能调停正闹不和的男人们。

英格曼神甫记得自己当时对那女人微微一点头，刹那间忘了她低贱的身份。他感觉由于那个女人的出现，男人们的氛围变了，一股由对立而生的张力消减下去。其实她什么也没说，也没动，带一点女人不讲原则的微笑，惋惜地看着男人们：和和气气地多好，什么值得你们扯破脸？

英格曼还记得自己当时说，如果手榴弹拉响，日本人指控教堂庇护中国军人，教堂收留难民的无辜慈善之举，将会变成谎言。最重要的是，激怒了占领军，他们会夷平教堂，包括它庇荫下的十六个少女。她们是战争中最柔弱的生命，一旦成为牺牲，将是最不堪设想的牺牲。

然后，他告诉他们从安全区回来的路上目睹了什么。当时法比开车从小巷绕路回教堂，碰见几十个日本兵围在一个门廊下，正扒一个十三四岁的小姑娘的衣服。他叫法比马上停车。他摇下车窗，探出他穿教袍的上半身，用英文大声叫喊："停止！看在上帝的分儿上！……"日本兵就把他们两个眼证给灭除了。他平铺直叙地把事件讲完又说："本来不想告诉你们这个令人不悦的事情，但我想让你们明白，我们——希望也有你们，所做的一切，都以不危及女学生们的安全为准则，收留你们，在某种程度上已经危及了她们，更何况你们还藏有武器。"

戴涛和另外两个军人都沉默了。他当时陪着他们沉默了一会儿，让他的话在他们的脑子里渗一渗，才离开了地下。当天下午，戴涛把那颗手榴弹交给了他。就是那时，他和年轻的中国少校交谈了上海撤退和南京失守，奇怪得很，叫戴涛的陌生军人恰在英格曼最渴望交谈时出现的。那半小时的谈话，双方情绪兴致那么对接，非常罕见。

此刻英格曼裹紧鹅绒起居袍，打算回自己居处睡觉。他端着蜡盏沿着楼梯下到大厅，却听见门铃在响。他立刻回到楼梯上，撩起黑窗帘，打开朝院子的窗户。

法比已经赶到门口，正在和门外的不速之客对话。说是对话，外面的人只用门铃来应答法比的"请问有什么事吗？……这里是美国教堂！……没有粮食、燃料！……"法比每发一句话，门铃的应答就更增添一些恼怒和不耐烦，有时法比短短的句子还没结束，就被打断，几乎就是在用门铃跟法比骂架。

英格曼飞快地下楼，穿过院子，拉上《圣经》工场的门，又检查了一下撞锁是否锁严实了。他突然意识到，上锁反而不安全,入侵者总是认为值得锁的地方都藏有宝贝,必然会强行进入,这样反而给阁楼上藏身的女孩们增添了危险。他掏出挂在皮带上的一串钥匙,哆嗦着手把一把一把的钥匙试着往锁孔里插。最终把门打开,摸黑进去,对着天花板说:"孩子们听着,无论发生什么,不准出声,不准下来!"

他知道女孩们听见了,转身向厨房跑过去。

"日本人来了,不准出声,一切由我和法比对付!"

他听见某个女人说了半句话,想打听什么,又马上静下来,不是被捂住嘴,就是被轻声喝住了。

英格曼神甫在去大门口的路上想好了自己的姿态、语调。在离大门口五步远的地方站住,深呼吸一下,对仍在徒劳喊话的法比说:"打开门。"

法比回头看一眼英格曼神甫,被神甫从容淡定的声音和步态镇住。神甫似乎等的就是这一刻,要亲自看看,在他的感召力面前,有没有不被征服的心灵,有没有不回归的人性。

因此当大门打开,迎着入侵者走来的是一个白须白发、仙风道骨的老者,他宽恕一切孩子,各种肌色的,各种品格的,无辜的或罪恶的。日本兵在按门铃集聚起来的怒气,似乎被英格曼神甫接受一切的微笑释放了出去。

"我们饿!"带头的日本下等军官用滑稽的英文说道。

"我们也饿。"英格曼说。以怜惜普天下所有的喊饿的生命的那种泛意关怀:"并且干渴。"他补充道。

"我们要进去。"下等日军军官说。

"对不起,这是美国教堂。阁下应该把它当美国国土对待。"英格曼坚决不收起笑容。

"美国大使馆我们都进。"

英格曼听说了,位居安全区最安全地带的美国大使馆常有日本兵强行造访,能偷就偷,能抢就抢,把撤回美国的外交官和美侨的汽车都拉走了。看来远离市中心的这座古老教堂倒比安全区安全。

"我们进去自己找饭!"下等军官大起喉咙。

他后面七八个日本兵似乎听到了冲锋号,一起拥动,挤进了大门。神甫知道一旦事情闹到这种程度,只能听天由命。

法比对神甫说:"打开门就完了!"

神甫说:"南京的城墙都没挡住他们。再说我们的墙连女人都翻得进来。"

法比和英格曼神甫紧跟在日本兵后面,进了教堂主楼。没有灯也没有点蜡烛,凝固在大厅里的寒冷比外面更甚。日本兵在大厅门口迟疑一会儿,下等军官的手电筒光圈照了照布道台上的圣者受难塑像,又照了照高深莫测的顶部,退了回去,似乎怕中了埋伏。

英格曼神甫小声对法比说:"一旦他们搜查《圣经》工场,我们就要设法声东击西,引开他们的注意力。"

法比小声说:"怎么声东击西?"

神甫沉吟着。这种关键时刻无非是牺牲次等重要的东西来保住最重要的。

"去叫乔治发动汽车。"

法比领会了神甫的意思。日本兵抢到一辆汽车,就可以在上级那里领赏,也可以用它跟汉奸换吃的和易带的值钱物,比如金银珠宝。占城四五天,日军里已开始黑市交易。

日本兵刚推开《圣经》工场的门,就听见教堂院子某个角落传来汽车引擎声响。一听就是上了年纪的引擎,连咳带喘,一直发动不起来。他们寻着老汽车的哮喘声,跟着手电光,轻而易举地找到了车库,也找到了正躺在车肚皮下"修车"的陈乔治。

日本兵踢了踢陈乔治的脑袋。陈乔治赶紧用英文说:"谁呀?修车呢!"陈乔治的英文比日本军官的还难懂。

英格曼此刻说:"乔治,请出来吧!"

法比刚才已把陈乔治导演过一遍,台词都为他编好,全是英文台词。现在从老福特肚皮下慢慢爬起的陈乔治把角色台词全忘了,满脸黑油泥都盖不住惊慌。

"你是谁？"日本军官问。

"他是我的伙伴兼杂工。"英格曼走到陈乔治和军官之间。

陈乔治按法比给他编排的戏路子，继续说英文台词——不管那英文多么侉，多么让天下讲英文的人都不敢相认，他还是让日军军官懂了，车坏了，正修理，但一直修不好，日军军官对七八个士兵说了两句话，士兵们都大声："嗨"了一下。日军官转向英格曼说："必须借用汽车。"

英格曼神甫说："这不是我的个人财产，是教会财产，本人没有权力借给任何人。"他亲爱的老福特是他抛出的替死鬼，必须牺牲它来保住藏在阁楼上和地下仓库里的生命，尽管他与老福特的关系更亲、更难舍难分。他说了那番话，为了让日本兵相信，这番割舍对他的迫不得已，除此外教堂再没有值得他们垂青的物事了。他加了一句："所以能否请长官打一张借条，我好跟教会财务部门交待？"

日军官看着这老头，好像说：你难道是在月球上活到现在？连战争都不知道是怎么回事？他用英文说："到占领军司令部，拿借条。"

不管英格曼神甫和法比怎样继续摆出阻拦和讲理的姿态，日本兵们已将老福特推出了车库。日军军官坐在驾驶座上，踩了几脚油门，琢磨了一会儿，就把车踩燃了。日本兵为打到如此之大的猎物欢呼怪叫，都成了一群部落喽啰，追在汽车后面跑出大门。

法比在英格曼神甫身边很响地喘了一口气。陈乔治两眼直瞪瞪的，仍然不太相信，仗真的打进了这个院子，而且就这样从他身边又擦身而过。

英格曼说："他们拿走了我们最值钱的东西，我们应该会安全一些了。"

十一

　　我姨妈孟书娟和女同学们并不清楚外面究竟在发生什么。她们听到英格曼气喘吁吁地嘘声叫喊："……不要出声，不要出来。"果真没有一个人出声，也没一个人像前几天那样挤在小窗口观望。遮光的黑帘衔接处有些细缝，露进手电筒的光亮，飞快地晃过来晃过去，如同几个小型探照灯。但她们都一动不动地躺在自己铺位上。

　　直到院子里响起老福特的引擎声，几个胆大的女学生才爬起来，从黑窗帘缝隙里往院子里看。什么也看不清，但能听得见一大帮男人喊号子。喊的是日本号子。

　　接下去是欢呼声。日语的欢呼。

　　日本兵终于进来了，把英格曼神甫相伴十年的老福特开跑——这是她们能判断出的全部事件。

女孩们坐在被窝里，议论着日本兵下次再来，不晓得会抢什么，会干什么，书娟想到自己端着一铲子火星闪烁烁的煤灰站在地下仓库外面听到的话。

"她们说，日本兵跑进安全区，找的都是黄花女儿。"书娟说。

女同学明白"她们"指谁。

"她们怎么晓得？她们藏在这里。"苏菲说。

"日本兵找到女人就要，老太婆、七八岁的小丫头都要！"书娟说。

"造谣！"徐小愚说。

"问英格曼神甫去，看谁造谣！"书娟反驳小愚："前两天他和法比到安全区去，看到十几个日本兵强奸一个小姑娘！"

"就是造谣！"小愚大声说。她不愿意相信的消息这么大吼一声似乎就被否定了。

书娟不说什么了。她知道她和小愚之间完了，这是最后的破裂，南京到处凄惨，活着的、死了的人都惨，但目前来说，对于她十三岁的心智，那广漠无垠的惨还很模糊，而失去小愚的友谊，对于她个人，是最实质的惨。小愚好无情啊，漂亮的女子都无情，正如地下仓库里那个漂亮人儿赵玉墨，跟谁多情谁遭殃，多情就是她的无情。

小愚大喊了书娟："造谣"之后，干脆从书娟身边搬家，挤到刘安娜身边睡去了。书娟躺了一阵，起身穿上衣服。当她打开出入口盖子时，小愚居然还问："干什么去，孟书娟？"

"不要你管。"书娟说。她这样说是为了给自己挣回面子，让同学们看看，你小愚不要我做朋友，正好，我跟你做朋友也做够了。你小愚拿父亲来营救的空话收买了多少人心？你父亲鬼影子都没见一个！就算你父亲真有本事营救，谢谢，我不稀罕。

女同学中有两个人说："书娟，别下去！……"

小愚悲愤地阻止她们："不准理她！"

那两人还乖乖地听了令，真不来理会书娟了。

看来她孟书娟是被彻底孤立了。她享受着被孤立者的自由。在院子里东逛西逛，逛到了厨房，说不定能找到点吃的。说不定锅炉的煤灰还有火星子，能给自己做个小火盆，烤烤冰块一样的脚。这么多天没用热水洗过脚，脚在被窝里捂一夜都还是冷的。她刚走到厨房拐角，就听到一男一女小声地对话。男的是乔治，书娟马上听出来了。

"……真不行，给了你，神甫要把我撵出去的。"

"就煮几个洋山芋，他又不晓得！"女人说。

"神甫把我撵出去，我还要做叫花子！"

"攒出去我养你。"

书娟听出来,那是红菱的声音。

"煮五个,行了吧?"

"不行!"

"三个。"

"……哎哟,嘴巴子掐出洞来了!"

"掐?我还咬呢!"

书娟听到两个人的声音被两个动物的声音替代,吓得原路退回。臭女人的臭肉在这里卖不出钱,换洋山芋吃都行。书娟退了七八步,此刻站的地方正好是地下仓库两个透气孔之间。书娟听见地下仓库有人哭。她又盘腿坐下,往里面张望。

哭的可不止一个人,喃呢和另外两个女人都在哭。人醉了就会那样哭,一脸傻相,哭声也傻。赵玉墨也醉了,手里把着酒碗,哄劝三个女醉鬼。地下仓库存的这点红酒,就被她们这样糟塌。

"……刚才日本兵我都看见了!"喃呢说。"好凶啊!搞你还不搞死啊?……"

玉墨哄她:"你怎么会看到日本兵,要看只能看见他们的鞋子!……"

"就是看见了!……"

"好好地,看见了,看见了。"玉墨说。

"我要出去,要走,我不等在这鳖洞里等他们来搞我!"喃呢越发一脸傻相。

书娟的眼睛仔细搜索,发现少了一个人:戴少校。也许真像他来的时候说的那样,他本来就不打算在这里待下去。书娟估计此时该有十点了,戴少校能去哪里?

李全有的声音此刻从一个书娟看不见的地方冒出来:"上个屁药啊! 没用了!"

书娟赶紧换到另一个透气孔,看到豆蔻跪在小兵王浦生身边。王浦生上半身赤裸着,胸上搭了一件女人的棉袄,露出的脸跟上次见面不同了,五官被不祥的浮肿抹平,变小了。

"他说什么?"李全有问豆蔻。

豆蔻说:"他说疼。"

"都臭了,还换什么药?"李全有说。"让他白受疼!"

豆蔻站起身,从李全有手上接过碗,喝了一口,然后又跪到王浦生铺边上,把嘴里的酒灌进小兵嘴里。

"喝了酒就不疼了。"她说。然后她一口一口把碗里的酒都灌进王浦生嘴里。所有人安静了,都在为王浦生忍痛似的。

从书娟的角度,能看见小兵的上半身微弱地挣扎,要么就是躲他喝不惯的洋红酒,要不就是躲豆蔻的嘴唇。小兵虽然奄奄一息,还没忘了害羞。

豆蔻给王浦生上了药,把她的琵琶抱起来。琵琶只剩下一根弦,最粗的那根,因而音色低沉、浑厚。豆蔻边弹边哼,过一会儿问王浦生:"好听吗?"

"好听。"王浦生说。

"真好听?"

"嗯。"

"以后天天给你弹。"

"谢谢你……"

豆蔻说:"不要谢我,娶我吧!"

这回没人拿她当傻大姐笑。

"我跟你回家做田。"豆蔻说,小孩过家家似的。

"我家没田。"王浦生笑笑。

"你家有什么呀?"

"……我家什么也没有。"

"……那我就天天给你弹琵琶。我弹琵琶,你拉个棍,要饭,给你妈吃。"豆蔻说,心里一片甜美梦境。

"我没妈。"

豆蔻愣一下,双手抱住王浦生,过了一会儿,人们发现她肩膀在动。豆蔻是头一次像大姑娘一样哭。

原先在傻哭的喃呢,此刻陪着豆蔻静静地哭。周围几个女人都静静地哭起来。

豆蔻哭了一会儿,拿起琵琶一摔:"都是它不好!把人都听哭了!就这一根弦,比弹棉花还难听!"

书娟这时意识到,刚才日本兵的闯入,让这些女人们变了。她们感到无处安全,没有任何地方对占领军是禁地。原先她们知道,这个藏身之地是被战争侥幸疏忽的一个夹缝,虽然谁也不知它会被疏忽多久,但今晚日军的入侵使她们意识到,这疏忽随时会被弥补纠正,漫入全城的三十万日本兵正渗进每条小巷、每个门户、每条夹缝。

书娟离开那个透气孔时,发现自己眼里也有泪。她居然让地下仓库里的女人们惹出泪来了!

可能是垂死的王浦生让书娟难受。也可能是豆蔻孩子气的"求婚"勾起了书娟的伤心。还有可能是豆蔻在一个低音琵琶弦上弹出的调门。那调门是江南人人都熟的"采茶调"。现在江南没了,只剩下一根弦上的"采茶调"。

书娟的五脏都回荡着单弦弹奏的"采茶调",毫不谐趣俏皮,丧歌一样沉闷。她走进寒气逼人的教堂大厅,坐在黑暗里。丧歌般的"采茶调"奇特地让她想起曾拥有的江南,江南有自己的家,有常常争吵但吵不散的父母……这一刻她发现她连地下仓库里的女人都能容得下,而对父母,她突然感到刺心的想念和永不再见面的恐惧。

这时,她听见二楼有人说话。她听见法比·阿多那多的嗓音和戴教官的嗓音。两个男人似乎在争执。

很久以后,法比告诉书娟,戴涛和他在一九三七年十二月十八日夜晚的这场争执是因为少校想要回他的手枪和手榴弹。

戴少校在日本兵劫走福特汽车后就决定离开教堂。他来到法比的卧室门口,轻轻地敲了几下,同时说:"阿多那多神甫,是我,戴涛。"

法比摸着黑一个人在喝酒。听见敲门他不想回答。他和英格曼神甫相处二十多年,两人都发明出许多方法来避免打扰对方。在这个时辰,火不上房,神甫绝不会来敲他的门。

少校还在敲门:"神甫,睡了吗?"

"嗯。有事明天再说吧!"

"明天就太迟了。"少校说。

法比只好把酒瓶藏到床头柜和床之间的空当里。法比之所以是扬州法比,因为他常常在暗地做彻头彻尾的中国农夫。跟了英格曼神甫二十多年,还是喝不惯西洋人的红酒、白酒、白兰地、威士忌,夜晚时分,关上房门,他总是回归到村子里的生活中去:呷两口烫热的大曲、佐酒小菜也是中国市井小民的口味:几块兰花豆腐干、半个咸鸭蛋,或一对板鸭翅膀,可惜这时连那么谦卑的佐酒菜都没有,只能对着酒瓶干呷。

戴少校一进门就闻到一股乡村小酒家的气味。他说:"阿多那多神甫一个人在喝闷酒啊!"

法比支吾一句,把戴少校请到唯一的一把扶手椅上坐下。仗打到这时,人们不需要眼睛也能准确行动。法比把自己的半瓶酒倒了一点在一个茶杯里,递给戴涛,这方面法比也是个中国农夫;多不情愿接待的不速之客,一旦请进门,吃喝都有份。

两人摸黑喝了几口酒。酒能给难以启齿的话打通出口。喝了酒,少校开口了。

"不知神甫能不能把英格曼神甫收缴的武器退还给我。我今晚就离开教堂。"

"今晚上? 到哪里去?"

"还不知道。"

"随便你到哪里去,不带武器比带武器安全。"

戴涛不去跟法比讨论怎样更安全,只是直奔自己的目的:"能请你帮我这个忙吗?"

"英格曼神甫这时候已经睡了。"

"我知道,我是想,你一定知道英格曼神甫把我的手枪和手榴弹放在什么地方……"

"我不知道。……再说,知道了我也不能给你。"

"为什么?"戴涛问。

"我怎么能给你呢?武器是英格曼亲自收缴的,还不还给你,也要他来决定。"

"那好,我去找英格曼神甫。"戴涛搁下茶杯站起来。

"让老头儿睡个安生觉吧!"黑暗中法比的声音完全是村夫的。

"他会睡得安生吗?你会睡得安生吗?"

"你也晓得他不得安生?从打你们进来他就没得安生日子过了!我们都没得安生日子过了!"

"所以我要走。"少校的声音冰冷。

"你一个人走,不把你那两个部下带走,我们更不得安生!你要他们连累我们?连累我们十几个学生?"

法比的话是厉害的,以扬州方言思考的法比此刻有着西方律师的犀利、缜密。

"王浦生拖不了两天了。李全有腿伤那么重,怎么走得了?"少校听上去理亏了。

"走不了你就扔下他们不管?就跟你们对南京的老百姓似的,说甩下就甩下?"法比指手划脚,一个个酒味浓厚的字发射在黑暗空间里。"从来没见过哪个国家的军队像你们这样,敌人还没有到跟前,自己先做了自己国民的敌人,把南京城周围一英里的村子都放上火,烧光,说是不给敌人留掩体,让你们打起来容易些,结果你们打了吗?你们甩下那些家都给你们烧光的老百姓就跑了!"

这三十五年中,法比·阿多那多从来没像此刻一样感觉自己如此纯粹地美国,如此不含糊地和中国人拉开距离。

"现在你跟你们那些大长官一样,扔下伤的残的部下就跑!"

戴涛的手已经握在瓷茶缸上,虎口张大,和四指形成一只坚硬的爪子。没有手榴弹,就用它消灭一个满口雌黄的西洋鬼子吧。他和法比只隔一米多的距离,扑上去,把那微秃的脑门砸开,让他凸鼻凹眼的面孔后面那自认为高中国人一等的脑筋红的白的全流出来。中国一百多年的屈辱,跟这些西洋鬼子密切相关,他们和日本鬼子一样不拿中国人当人。他们在中国没干过什么好事。他听见瓷杯子砸碎颅骨的独特声响,以及一个就要完结的生命发出的独特嗓音,嗓音消除了语言的界限、种族的界限、人畜的界限,这嗓音使他从愤怒到愉悦,再到陶醉,最终达到一种出神入化的境界……

戴涛慢慢放下瓷茶缸,向门口摸去。酒刚刚上头,抓茶杯抓木了的手,正在恢复知觉。

"对不住。"法比在他身后说。

戴涛顺着环廊走着,走过图书馆、阅览室。刚才他用来克制自己杀人的力气,远远花得比杀人的力气更大。他累得再无一丝力气了,连走回那藏身的"鳖洞"的力气都没剩下。

戴涛这一夜是在祈祷大厅的长板凳上睡的。他空腹喝的三两酒使他这一觉睡得如同几小时的死亡。受难耶稣在十字架上,垂死的目光从耷拉的石膏眼皮下露出,定在他身上。

戴涛醒来的时候,天色刚有点灰白。他浑身冰冷,觉得跟椅子都冻成一体了。他从大厅走到院子里。好几天来第一次听见鸟啼。不知道鸟懂不懂这是人类的非常时期,活下去的概率或许不如它们。

五分钟后,他发现自己晃悠到后院的墓园来了。整个教堂,他最熟悉这里的地形。当时他逃进教堂,就是在这里着陆的。他捡起一根柏树枝,用它当扫帚把一座水泥筑的洋墓丘扫了扫。他不知道自己为什么晃悠到墓园来。正如这几天他大部分行为都漫无目的,缺乏意义。跟窑姐们打牌、掷骰子他越来越烦。跟女人时时待在一块原来是一件让人烦得发疯的事。而且是那样一群女人,为一点鸡毛蒜皮的小事也能吵半天。豆蔻死后,女人们都发了神经质,悲也好乐也好,都是歇斯底里的。开始他还劝她们几句,后来他觉得劝也无趣,心真是灰到极点。前途后路两茫茫,身为军人和一帮脂粉女子厮混,倒不如几天前战死爽快。他的悲哀只有一个女人收入眼底,就是赵玉墨。

他想也许到墓园来自己是有目的的:来找被英格曼神甫缴走的武器。他寻找武器做什么?去找日本人报仇?做个独行侠,杀一个是一个,假如捉到个当官的,让他带封信回去,信上写:"你们欺骗了十多万中国军人,枪毙、活埋了他们,从今以后你们背后最好长一双眼……"

太孩子气了。

但他必须找到武器。

这时他听到身后有人说话:"早上好。"

戴涛回过头,看见英格曼神甫站在一棵柏树下,像一尊守陵园的石人。神甫微微一笑,走过来。

"这里挖不出你要找的东西。"神甫说。

戴涛扔下手里的柏树枝:"我没在这里挖什么。"

"我看你是没在挖什么,"神甫又一笑,逗逗少校的样子。"你该知道,我们活着的人不应该占这些尊贵死者的便宜,把打搅他们安息的东西藏在他们身边。"

真有意思:英格曼的中文应该说是接近完美的,但怎么听都还是外国话。是异族思维系统让他用中国文字进行的异国情调的表达。

戴涛站起身,左肋的伤痛给了他一个脸部痉挛。英格曼神甫担忧地看着他。

"是伤口痛吗？"神甫问道。

"还好。"戴涛说。

英格曼神甫看了一眼墓园，以庄园主打量自己庄园的自负眼光。然后他把躺在墓里的七位神甫向戴涛介绍了一遍，用那种招待会上的略带恭维的的口吻。戴涛迫于自己将要提出的请求，装出兴趣和耐心，听他扯下去。

"你是不是觉得这些西方人很傻，跑了大半个地球，最后到这里来葬身？"英格曼神甫问。

戴涛哪有闲心闲工夫去琢磨那些。

"你上次跟我谈到，你们的总顾问是德国人法肯豪森将军？我对他是有印象的。"他对着自己心里的某个突发奇想短促地笑了一声。"音乐是灵性的产物，哲学和科学又建筑在理性基础上，德国倒是盛产这三种人：音乐家、哲学家和科学家。他们也可以把经济、军事也理性化到哲学的地步。所以我认为法肯豪森将军并不是个好军事家，而是个好的军事哲学家。也许我很武断，……"

"神甫。"戴涛说。

英格曼神甫以为他要发言，但他马上发现少校刚才根本就没听他那番总结性漫谈；他等于一直在独白。他沉默下来，等待着，尽管他大致知道他要谈什么。

"我要离开这里了，"少校说。

"去哪里？"

"请你把我的武器还给我。"

"你走不远的。到处都是日本兵。南京城现在是三十万日本兵的军营。假如你带着武器的话，就更难走远了。"

"我没法在这里再待下去。"戴涛想说的没有说出来：他觉得在地下仓库里，还没死就开始发霉腐烂了。首先是精神腐烂了。

"你的家乡在哪里？"英格曼问道。

戴涛奇怪地看他一眼。"河北。"他回答。他父亲是从战火里打出来的老粗军人，身上十几块伤疤，连字都不识多少，想升官只有一条路：敢死。他长兄和他都是军校毕业生，两个妹妹也嫁给了军人。他的一家是有精忠报国血统的。但他只愿意用最简短的话来回答神甫。

英格曼神甫似乎看到了英气逼人的少校的血统。因为他接下去说："我看出你和其他军人不一样。很多中国军人让我看不起，从军是为了升官发财、霸占女人。"

"您能把我的武器还给我吗？"

"我们一会儿谈它，好吗？"神甫说。"你成家了吗？"

"嗯。"这个回答更简短。

"有孩子吗？"

"有一个儿子。"说到儿子，他心里痛了一下。儿子五岁，成长的路多漫长啊,有没有他这个父亲会陪伴他呢?

"我母亲去世的时候,我才十岁。"英格曼神甫说。

老神甫的声音里一下子充满那么多感情,引起了戴少校的注意。

英格曼神甫突然看见戴涛一边嘴角发白。一定是长了口疮。中国人把它归结为心火太重。美国人归结为缺乏维生素引起的免疫力下降从而被病毒感染。看来中、美两国的诊断此刻都适用于这位少校。那个长口疮的嘴角和另一个嘴角不在一根水平线上,因此他的嘴角有点歪斜,否则这张微黑的、棱角分明的脸庞应该更加英武。有这样脸庞的男子应该文可著兵书,武可领兵作战,但英格曼不能想象人类进入永久和平后,这张脸上会是什么角色的面谱。

"我父亲在我十六岁的时候去世了。"

"您就是在您父亲去世以后皈依天主教的吗?"

"我父母都是天主教徒。"英格曼说。

看到此刻的英格曼,任何人都会诧异,人到了他这岁数,还会那样思念父母。

"我是二十岁开始学习神学的。那时候我得了严重的精神抑郁症。"

"为什么?"

"谁知道?反正就那么发生了。"

英格曼其实没说实话。那场抑郁症的诱因是一次失败的恋爱。他从少年到青年时代最珍重的一份爱情，他原本相信是由双方暗暗分享的，最终却发现那不过是他一人的单恋。

"我在病入膏肓的时候，碰到一个流浪老人，得了白喉，差不多奄奄一息。当时我和哥哥一家住在一起。我悄悄把老人扶到农庄上的牲口棚里，用草料把他藏起来。因为我负责替我哥哥照管牲口，所以除了我没人会进去。我给他买了药，每天给他送药送饭。一条垂危的生命就那样缓慢地一点点恢复了。他每一点康复都给我充实感，好像比任何事都更让我感到充实。一个冬天过去了，他才康复过来。他一再感谢我救活了他。其实是他救活了我。我通过救他救了我自己。那个冬天，我不治之症的精神抑郁竟然好了。给需要救助的人予救助，竟然就能让自己快乐。"

戴涛听着英格曼神甫用美国思维、英文语法讲的往事，不明白他怎么突然谈起如此个人的话题。难道他的意思是说，因为中国有足够的悲惨生命需要他救助，所以他三十年前来到了中国？或者他像坟墓中的七个神甫一样，到这里来是因为这里永远不缺供他们拯救的、可怜的中国人，而拯救本身可以使他们感觉良好？或者他是在说，他戴涛也应该学他，通过救助地下仓库里的两个伤残同伴获得良好感觉？

"我想借这件事告诉你,那个流浪老人是上帝派来的。"
他看到戴涛眉间出现一丝抵触。但他接下去说:"上帝用他
来启示我,要我以拯救他人、拯救自己。上帝要我们相互救
助,尤其在各自都伤病屡弱的时刻。我希望你相信上帝。在
人失去力量和对命运的掌握的时刻——就像此刻,你应该
信赖上帝而不是武器。"

　　这一定是老神甫一生中听众最少的一场传教。戴涛看
着他想。

　　"你还会继续寻找武器吗?"

　　戴涛摇摇头。他当然会继续寻找,加紧寻找。

十二

　　地下仓库里的女人们早上醒来,发现豆蔻不见了。陈乔治说他天将亮时起来烧水,看见豆蔻醉醺醺地在院子里晃悠。见了陈乔治,她支使他去帮她拿三根琵琶弦。她说她的琵琶只剩一根弦,难听死了。陈乔治哄她,等天亮了再去帮她拿。她说哪里等得到天亮? 天亮了王浦生就走了,听不见她弹琵琶了。陈乔治又哄她,说他不识路。她说秦淮河都不认识呀? 她指路给陈乔治,说琵琶弦就搁在她梳妆台抽屉里。陈乔治告诉她,自己太瞌睡,睡一觉后一定帮她去拿琴弦。豆蔻说:"王浦生等不及了。"然后陈乔治就没注意她去哪里了。

　　等到下午,豆蔻还没回来。上午法比·阿多那多推了一架独轮车步行去安全区筹粮,下午回来告诉大家,安全区的罗宾孙医生抢救了一个十五岁的小姑娘,但没救活。小姑娘给日本兵轮奸后又捅了好几刀。小姑娘到死手上还紧紧抓着几根琴弦。

我根据我姨妈书娟的叙述和资料照片中的豆蔻,想象出豆蔻离开教堂的前前后后。资料照片一共三张:正面的脸、侧面的上半身、另一个侧面。资料照片是安全区领导为了留下日军犯罪证据而拍摄的。豆蔻有着完美的侧影,即使头发蓬乱、面孔浮肿。想来她是哭肿的,也有可能是让日本兵打的。当时她奄奄一息,被日本兵当尸体弃在当街。事发在早上六点多,一大群日本兵自己维持秩序,在一个劫空的杂货铺里排队享用豆蔻。杂货铺里有一个木椅,非常沉重,它便是豆蔻的刑具。日本兵们只穿着遮裆布等着轮到自己。

豆蔻手脚都被绑在椅子扶手上,人给最大程度地撕开。她嘴一刻也不停, 不是骂就是啐, 日本兵嫌她不给他们清静,便抽她耳光。她静下来不是因为被暴打降服,而是她突然想到了王浦生。她想到昨夜和王浦生私定终身,要弹琵琶讨饭与他和美过活。这一想豆蔻的心粉碎了。

豆蔻还想到她对王浦生许的愿:她要有四根弦就弹《春江花月夜》、《梅花三弄》给他听。她说:"我还会唱苏州评弹呢!"她怕王浦生万一闭眼咽气,自己许的愿都落空。

被绑在古老椅子上的豆蔻还昏昏沉沉想到自己怎样跳出教堂的墙头，在清晨昏暗里辨认东南西北。她从小被关在妓院，实际上是受囚的小奴隶，因此她一上街就会迷途。尤其是遍地狼藉的南京，到处残垣断壁，到处是火焚后的废墟，马车倒在路边，店铺空空荡荡，豆蔻不久就后悔自己的冒失了。她转身往回走，发现回教堂的路也忘了。冬天的早晨迟迟不来，阴霾浓重的清晨五点仍像午夜一般黑。豆蔻再走一阵，越走越乱。假如她没有看见一个给剖开肚子的赤身女人，或者她有一线希望躲过后来那一劫。她听见三个日本兵走过来时，便往一条偏街上跑。三个日本兵马上追上来。豆蔻腿脚敏捷，不一会儿便钻进胡同把追踪者甩了。就在她穿过胡同时，突然被一堆软软的东西绊倒。一摸，竟是一堆露在腹外的五脏。豆蔻的惊叫如同厉鬼。她顿着足，甩着两只冰冷黏湿的手在原地整整叫了半分钟。

豆蔻这一叫就完了。三个已放弃了她的日本兵包围上来。她的叫声吵醒不远处宿营的一个骑兵排，马上也巡着花姑娘的惨叫而来。

十五岁的豆蔻被绑在椅子上，只有一个念头：快死吧，快死吧，死了变最恶的鬼，回来掐死、咬死这一个个拿她做便盂的野兽、畜生。这些个说畜话、胸口长兽毛的东西就这样跑到她的国家来恣意糟践。她只盼着马上死去，化成一缕青烟,青烟扭转变形,渐渐幻化出青面獠牙,带十根滴血的指甲,刀枪不入,行动如风。把自己想成青面獠牙、刀枪不入的豆蔻又啐又骂,挨了耳光之后,她喷出的不再是唾液、浓痰,而是血。她看见对面的人形畜生被一朵朵血花击中,淹没……最大的一朵血花从她的上腹部喷出,然后是她的肩膀,接下去是她的下腹。人形畜生不喜欢一个又吵又闹、又吐血水的泄欲玩偶,用刺刀让她乖觉了。

在一九九四年,我姨妈书娟找到了豆蔻另一张照片。这张不堪入目的照片,是从投降的日本兵笔记本里发现的。照片中的女子被捆绑在一把老式木椅上,两腿被撕开,腿间私处正对镜头。女子的面孔模糊,大概是她猛烈挣扎而使镜头无法聚焦,但我姨妈认为那就是豆蔻。日本兵们对这如花少女不只是施暴和凌迟,还把她钉在永恒的耻辱柱上。

我在看到这张照片时想,这是多么阴暗下流的人干的事。他们进犯和辱没另一个民族的女性,其实奸淫的是那个民族的尊严。他们把这样的照片作为战利品,是为了深深刺伤那个被羞辱的民族的心灵。我自此之后常在想,这样深的心灵伤害,需要几个世纪来疗养?需要多少代人的刻骨铭心的记忆而最终达到淡忘?

正在发高烧的王浦生看见了三根琵琶弦,眼睛四顾寻找:"豆蔻呢?"

玉墨将三根弦装在琵琶上，为弥留的小兵弹了豆蔻许愿的"春江花月夜"。

小兵明白了，泪水从烧红的眼睛里流出来。

书娟和女同学们是从英格曼神甫口中得知了豆蔻的可怕遭遇。英格曼神甫是这样开头的："让我们祈祷，孩子们，为牺牲者祈祷，也为残暴者能尽早回归人性而祈祷。"

神甫是和法比一块登上阁楼来的。两具西方身躯在这个空间难受地屈着背，本来就是祈祷姿式。女孩们相互使眼色，想发现神甫们怎么了，脸都绷成了石膏塑像。

接下来，法比·阿多那多用两三句话把豆蔻的遭遇讲述一遍。英格曼神甫却不满意，对他说："应该让孩子们知道整个事件。"他用了五分钟，把事件又讲一遍。

"孩子们，你们将来都是证人。"英格曼看一眼全体女学生。"万一这个不在了，那个还能做证。总得有人做证才行。"

女孩们听完后，也一个个成了石膏塑像。只有当凶险发生在身边一个熟识者身上，才显出它的实感、它的真切。女孩中有些想到豆蔻初来的那天，她们为了她盛走一碗汤和她发生的那场冲突。想想豆蔻好苦，十五岁的年华已被猫狗卖了几回。她但凡有一条活路，能甘心下贱吗，谁说婊子无情？她对王浦生就那么一往情深。她们又想到豆蔻一双长冻疮的红手给伤兵们洗绷带、晾绷带，想到豆蔻抱着从房檐上掉下来的刚出生不久的小野猫，急得到处找东西喂它，小猫死了后，她哭着在核桃树下掩埋它……女孩们竟心疼不已，觉得哪个窑姐换下豆蔻都行，为什么偏偏是十五岁的豆蔻呢？

英格曼神甫说："现在，你们立刻收拾东西搬到地下仓库去，一九二七年，南京事件的时候，我和法比还有几个神学教授就躲在那里，躲过了直鲁军和江右军对教堂的几次洗劫。所以应该说，那里比这阁楼安全得多。"

法比当场提出疑问："合适吗？那些女人说话行动都是肆无忌惮的……"

"没什么比安全更重要。搬吧，孩子们。"

晚饭前，十六个女学生搬到臭哄哄的地下仓库，三个军人调换到《圣经》工场去宿营，假如日本兵发现他们，英格曼神甫会尽最大努力解释，说他们是受伤的老百姓，至于日本人会不会相信，只能求上帝保佑。这个建议是戴涛提出的，用意很明显，男人在这种时候别无选择，只能保护女人。

晚饭时分，正在地下仓库喝咸菜面汤的女孩们听见法比对着透气孔叫着："徐小愚，你上来一下。"

吉兆把徐小愚的眼睛燃得那么美丽，让书娟在刹那间倾倒于这个前密友。小愚上去后，女孩们都挤到透气孔跟前，看着小愚的秀足来到一双铮亮的男人皮鞋跟前，同时听见小愚带哭腔的欢叫:"爸! ……"

后来书娟知道,小愚的父亲为了回到南京搭救小愚,卖掉了他在澳门的一爿店面房。他回到南京发现,钱不值钱,日本兵不需要钱就能得到他们想得到的东西。他是个好买卖人,跟日本人做起了买卖,卖古董、珠宝、字画给他们,还卖了一点骨气和良心给他们,才得到畅通无阻的通行证,得以把女儿带出南京。进南京难于上青天,出南京等于上天外天。

总之徐家父女相见的场面像一切离乱人重逢一样落套而毫不例外地感人。就那么几分钟,小愚告诉父亲自己如何忍受了饥饿、寒冷、恐怖,以及难以忍受的不洗脸、不洗脚,不然就得用把阿顾泡发了的水去洗。

徐小愚这时蹲下来,蹲得很低,看着挤扁脸观望他们父女重逢的同学们说:"我爸来接我了!"听上去,她似乎在说:"天兵天将来接我了! "

所有的人都羡慕她,羡慕到了仇恨的地步,所以此刻没一个人答腔。连小愚许愿要带走的刘安娜都沉着脸,一声不吭。这么幸运幸福的人会记住她的许愿吗? 别痴心妄想了。

书娟的眼睛这时和小愚投来的目光碰上了。

小愚站起来,女孩们听见她说:"爸,我想带我同学一块走。"

"那怎么行？"父亲粗声说。

"我想带。"

父亲犹豫着。二十多秒钟，女孩们连呼吸都停止了似的。"好吧，你想带哪个同学？"

小愚从厨房的出入口下来时，十五个女孩还是一声不敢吭。徐小愚现在手里握有生杀大权呀！秦淮河女人们和女学生们隔着一层帘子，也一声不吭，如此的幸运将落在谁头上，对于她们似乎也是了不起的大事。

徐小愚看着一个个同学，大多数的脸都露出没出息的样子，哪怕此刻被挑去当徐家使唤丫头都乐意。

"刘安娜。"小愚说。

刘安娜愧不敢当地红着脸，慢慢站起来走到徐小愚身边。

徐小愚看着剩下的一张张脸，越发眼巴巴，越发没出息。书娟坐在自己位置上，眼睛朝透气孔的方向看。她满心后悔没跟小愚低头，现在低头太晚了，索兴装出一副生死置于度外的淡然。你徐小愚活着出去了，就别管我们的死活吧！

苏菲蚊子似的说："小愚，你不是说，也叫你爸带我走吗？"

这时书娟想瞪一眼苏菲，就这样卖身求荣啊？但她发现小愚正在看自己，小愚的眼睛有善意，但是一种优越者的善意,只要书娟张开嘴,哪怕只叫一声"小愚",小愚就满足了,一切前嫌可以不记,和书娟重修旧好,无论怎样,孟书娟的家境和在校的品学都配得上做小愚的长久密友。

书娟在那个刹那慌了,嘴怎样也张不开,眼睛却直勾勾地看着小愚。她此刻有多么贱、多么没出息,只有她自己知道。

但小愚终于收回了她的目光,小愚再次玩弄了书娟。她还在继续玩弄同学们。

"抓阄吧。"小愚说。

她从自己笔记本撕下一页纸,裁成十四份,在其中一张上画了一朵梅。

"我不要。你们抓吧!"书娟说,给了小愚一个壮烈的背影。

"来吧!"小愚说,"我爸没办法把你们全都带走……"小愚几乎在求书娟了。

书娟摇摇头。

抓阄的结果,让一个平时连话都没跟徐小愚讲过几句的同学跟小愚父女走了,剩下的十三个女孩分了一块小愚父亲带来的巧克力。准确地说,是十二个女孩,书娟主动提出放弃自己那份巧克力。小愚想用这点甜头收买被她抛弃的同学,书娟才不给她那份满足。

那天夜晚是以徐小愚挑选两个女同学开始,不,应该是从女孩们听到徐小愚父亲的汽车在教堂门口"轰"的一声启动开始的。徐大亨的轿车轰然远去,女孩们突然意识到地下室的夜晚已吞没了她们。

帘子那边的喃呢自问自答:"那个同学的爸有钱吧?……到底是有钱人呐。有钱能使鬼推磨。"

"喃呢,你那个开宰鸭场的吴老板呢?他不是也有两个钱吗?"

"喃呢两个腿子没把他夹紧,让他跑了!"红菱的嗓音说。

"闭上你们的臭嘴!"

女孩们听出,这是赵玉墨的声音。

"去年他说要给我赎身,娶我做填房。"喃呢说。

"没见过你这么傻个瓜,你跟他去了,现在就是鸭贵妃了!"

"说不定现在连人带鸭子都给日本鬼子杀了!日本鬼子看见喃呢这么俊的鸭贵妃还了得?……"

"哼,他上一个我夹死他一个!"喃呢的声音发着狠。

"喃呢,你闭嘴好不好?"

玉墨又一次干涉。

过了一会儿,喃呢哭起来:"是没我这么傻个瓜!跟他去了,怎么也比囚在这个鳖洞里好!……囚在这鳖洞里,到头来说不定还跟豆蔻一样!……"

女学生本来就一个挤一个，此刻又挤得紧了些。喃呢的哭诉戛然而止，她们猜，一定是谁把棉被捂到她头上了。

女孩们相互挤靠着睡着了。也不知道是几点钟，她们听见帘子那边的女人们骚动起来，说是有人在门外按铃。

日本兵？

十三

英格曼神甫还在阅览室读书,这时起身向楼下走去。他走到地下仓库,冲透气孔里说:"没关系,我和法比能把他们应付过去的,千万不要出声。"

然后他走到《圣经》工场门口,轻轻推开门,却吓了一跳,戴涛就站在门口,一副决一死战的样子。他身后,桌子拼成的床铺上,躺着高烧中的王浦生,谁也不知他是睡是醒。李全有连鞋都没脱躺在毯子下面,一个肩支着身体,随时要匍匐前进似的。

"不到万不得已,千万不要出来。我和法比会打发他们走的。"他伸手拍拍戴涛的肩,居然还微微一笑。

英格曼神甫走到门口,听着门铃响了几遍,再响一遍,又响一遍……为夜访者敞开门是不智的，但拒绝他们却更愚蠢。这时英格曼神甫脑子里的念头打过来弹回去,如同一个乒乓球。法比终于出来了,嘴里冒出黄酒在肠胃里发酵后的气味。

英格曼神甫打开了大门上半本书大的窥探小窗，一面闪身到它的左边。他是怕一把刺刀直接从那里捅进他眼睛。一把刺刀确实直接从那里捅出来，幸亏他的眼睛没在窗内等着。门外,汽车大灯的白光从门下缝隙泻进来。来了一卡车日本兵？

"请问诸位有何贵干？"英格曼神甫多礼地用英文问道。

"开门！"一个声音说。这是中文。据说许多日军士兵和低级军官在占领南京六七天后都会说："开门！滚出来！粮食！汽油！花姑娘！"因为他们在这六七天里把这几个中国词汇重复了上千遍。

"请问,有什么事我可以为诸位服务吗？"英格曼神甫的平板单调语调可以用去镇定任何疯人。

这回是枪托子跟他对答了。几把枪托砸在门上,每承受一砸，两扇门之间的缝就裂开一下。映衬着外面的汽车灯光,可以看到两扇门之间的门闩,仅仅是一根细铁棍。

"这里是美国教堂,几十年前美国人买下的地皮！让你们进来,等于让你们进入美国本土！"法比·阿多那多雄辩的扬州话替代了英格曼神甫温雅的英文，日本兵软的不吃，给点硬的试试。

果然一个中国人跟法比对答上来。

"大日本皇军有准确情报，这个教堂窝藏了中国军人！……"

"胡扯！"法比切断这个汉奸的话，"占领军打着搜查中国军人的幌子，到处抢东西！这花招对我们还新鲜吗？"

门外静了一刹那，大概汉奸正在跟日本兵翻译法比的意思。

"神甫大人，"汉奸又说，"不要把拿枪的人逼紧了！"

英格曼神甫此时听到身后传来响动，他一扭头，看见几个持枪的身影从教堂后院过来。看来日本兵早已发现进入这院墙更省力、省口舌的途径。

英格曼神甫压低声说："他们已经进来了！做最坏的打算吧！"

"你们这是侵略！"法比挡住那个直扑门口的士兵，"已经告诉你们了，这里没有中国军人！我这就去安全区找拉比先生！……"

一声枪响，法比叫了一声倒下了。他只觉得自己是被巨大的一股力量推倒的，是左肩头受了这一推，身体马上失衡。他跌在冰冷的石板地上，才觉得左肩一团滚热。同时他听见英格曼神甫的咆哮："你们竟敢向美国神职人员开枪！"

神甫扑向法比,"法比!……"

"没事,神甫。"法比说。他感觉此刻扑向他的神甫,就是二十多年前从讲台上走向他的那个长者;二十多年前,神甫似乎为了找一个相依为命的晚辈而找到了法比,而这二十多年,他确实以他的淡漠、隔阂,甚至不失古怪的方式在与法比相依为命。

门打开了,二十多个日本兵向教堂冲锋。

英格曼神甫小跑着跟在他们后面:"这里绝对没有中国士兵!请你们立刻出去!"

法比顾不上查看伤势,大步向院子深处跑去。

《圣经》工场里的三个中国军人中,有两个做好了战斗准备。李全有站在门后,手里拿着一个榔头,那是他在工场的工具箱里找到的。他会先放日本兵进来,然后出奇不意地从后面甩一榔头,再夺下枪支。接下来他和戴少校可以把这座工场当碉堡,用夺下的日本炸弹、子弹拼打一阵。

戴涛蹲在一张桌子后面,桌子迎着门,他手里拿着的是一把刨煤用的镐头。放进两个日本兵之后突然关上门,他和李全有会同时出击,冷不防是他们现在唯一的优势。

刚才法比和英格曼神甫的喊声此刻被他回忆起来:"这里绝对没有中国军人!……"奇怪,他蹲在那里,觉得自己开始懂得这句话了。

"老李,放下家伙。"戴涛压低声音说到,一面迅速蹬掉鞋子。

"不是要拼吗?"李全有不解了。

"不能拼。想想看,一拼就证明我们是神甫收留的军人了。"

"那咋着?"

"日本人会把教堂搜个底朝天,说不定还会把它轰个底朝天。学生和女人们怎么办?"

"……那现在咋办?"

"脱衣服睡觉。装老百姓。"

李全有扔下榔头,正要往桌子拼成的床铺上摸索,门被撞开,同时进来一道闪电般耀眼的手电光亮。

李全有几乎要拾起脚边的榔头。

"他们是教堂的教徒,家被烧了,无处可去,来投奔我们的。"英格曼神甫镇定地说。

"出来!"汉奸把日文吼喊变成中文吼喊。他连口气情绪都翻译得一丝不苟。

戴涛慢慢起身,似乎是睡眠被打搅而不太高兴。

"快点!"

戴涛披上法比的旧西装,跟里面的毛衣一样,一看就不是他的,过长过宽。

李全有穿的是陈乔治的旧棉袍,却嫌短,下摆吊在膝盖上。他还戴着一顶礼帽,是法比的,大得几乎压到眉毛。

"那个是谁?"手电筒指向躺在"床铺"上的王浦生。

"那是我外甥。"李全有说,"孩子病得可重了,发了几天高烧⋯⋯"

没等李全有说完,两个日本兵已经冲过去,把王浦生从被窝里拖了出来。王浦生已经不省人事,此刻被拖向院子,毫不抗拒挣扎,只是喘气喘得粗重而急促,似乎那条十五岁的、将断不断的小命被这么一折腾,反而给激活了。

"他还是个小孩子,又病得那么重!"英格曼神甫上来求情。

两个日本兵不搭理老神甫,只管把王浦生往院子里拖。英格曼神甫跟上去,想接着说情,但一把刺刀斜插过来,在他的鹅绒长袍胸襟上划了个口子,顿时间,白花花的鹅绒飞出来,飞在煞白的手电筒光亮里。英格曼神甫愣住了,这一刀刺得深些,就会直插他的心脏。这一刺似乎只为了启发他的一番想象力:刀够锋利吧?进入心脏应该同样轻而易举。对于这样的刀尖,心脏是个无比柔弱、无处逃遁的小活物。而英格曼此刻把这一刀看成是挑逗,对他威风、威严的戏弄,怎么用刀跟他比划如此轻佻的动作?他更加不放弃地跟在两个拖王浦生的士兵后面:"放下他!"

英格曼的猛烈动作使鹅绒狂飞如雪花，在他身边形成一场小小的暴风雪。

"看在上帝的分上，放下他！"

他再次挡住两个日本兵，并把自己的鹅绒袍子脱下，裹在十五岁男孩的身上。躺在地上的王浦生喘得更加垂死。

一个少佐走上来，用穿马靴的脚尖踢踢王浦生，说了一句话。翻译马上译出那句话："他是被刺刀扎伤的。"

英格曼说："是的。"

"在哪里扎的？"

"在他家里。"

"不对，在刑场上。他是从刑场上被救下来的中国战俘。"

"什么刑场？"英格曼神甫问道。

"就是对中国战俘行刑的刑场。"翻译把日本少佐几乎忍不住的恼火都翻译过来。

"噢，你们对中国战俘行刑了？"英格曼神甫问，"原谅我的无知。原来日军把自己当做《日内瓦战俘法规》的例外。"

少佐长着日本男人常见的方肩短腿，浓眉小眼，若不是杀人杀得眼发直，也不失英俊。他被英格曼噎了几秒钟，对翻译说了一句话。

"少佐先生说，现在你对你借教堂之地庇护中国军人，没什么话可说了吧？"

"他们怎么可能是军人呢？"英格曼神甫指着站在一边的戴涛和李全有。

这时，一个日本士兵推着一个四十多岁的中国男人走过来。翻译说："这位是日军雇的埋尸队队员，他说有两个没被打死的中国战俘给送到这里来了。"他转向埋尸队队员，"你能认出他俩吗？"

埋尸队队员热心地说："能认出来！"他一抬头就指着戴涛，"他是一个！"

法比大声骂道："你个狗！你狗都不如！"

英格曼立刻知道这人根本不认识或记不清当时被营救的人的模样。

两个日本兵蹿向戴涛，眨眼间一人抓住戴涛一条胳膊。戴涛从容地任他们把他双臂背到身后，忍住左胁伤口的钻心疼痛。

英格曼神甫对埋尸队队员说："你在撒谎，今生今世这是你第一次见这位先生。"

少佐通过翻译对埋尸队队员说："你认清了吗？"

法比·阿多那多用扬州话大声说："他认清个鬼呀！他是为了保自己的命在胡咬！"

少佐叫那两个士兵把戴涛押走，英格曼神甫再次上去，但少佐一个耳光打过来,神甫被打得趔趄一下。

"认错人了!"李全有此刻说,他拖着伤腿,拄着木拐,尽量想站得挺拔些。他对埋尸队队员说:"你看看我,我是不是你搭救的那个?"

"我没有搭救!是他们搭救的!"埋尸队队员慌忙开脱自己。

"你不是说认识那俩人吗?你怎么没认出你爷来呀?"李全有拇指一翘,指向自己的鼻子,兵痞子的样儿上来了。

"他们都是普通老百姓!"英格曼神甫说,他知道这是他最后的争取,然后他只能像对待他亲爱的老福特那样放弃他们。既然这是最后的争取,他反而无所顾忌,上去护住戴涛。他和这个年轻少校谈得那么投契,他想跟他谈的还多着呢……他觉得又一记耳光打过来了,耳朵嗡嗡地响起来,他看见少佐捏捏拳,甩甩腕子,打完人他的手倒不舒服了。

陈乔治这时从厨房后面出来,似乎想为神甫擦试鼻孔和嘴里流出的血。日本人朝教堂逼近时,他正在床上和红菱做露水夫妻;他付给红菱的费用是每天三个洋山芋。好事办完,两人都暖洋洋地睡着了。是日本人向法比开的那一枪把他们惊醒的,他嘱咐完红菱自己找地方躲藏,便往院子中溜去,他藏在一小堆烧壁炉的柴火后面,始终在观望局势。陈乔治胸无大志,坚信好死不如赖活着,最近和红菱相好后,觉得赖活着竟也有千般滋味。他看见英格曼神甫袍襟上被刺刀挑破的口子，又看见神甫吃耳掴子，不由得提起一根木柴。尊贵的神甫居然挨耳掴子，这些倭寇！连给神甫提夜壶都不配！但他不久又放下木柴，因为二十多个荷枪实弹的鬼子可招不得、惹不得。他蹲趴在原处，进退不能，让"赖活着"的信念在他狭窄的心胸中壮大，一面骂自己忘恩负义，不是东西。英格曼神甫把他从十三岁养大，供他吃穿，教他认字，发现他实在不是皈依天主堂的材料，还是不倦地教他读书。神甫固然是无趣的人，但这不是神甫的错，神甫待他也是嫌恶多于慈爱，远不如那匹落井的小马驹。但没有英格曼神甫，他只能从一个小叫花长成一个大叫花，命大的话或许做一个老叫花寿终正寝，没有乏趣刻板的神甫，哪来的教堂厨师陈乔治？难道如花美眷红菱看中的不是人五人六的厨子陈乔治？以及他裤腰带上拴的那把能打开粮柜的钥匙？想到此，他看见英格曼神甫挨了第二个耳掴子，牙一定打掉了，他的牙都为老神甫疼起来。

陈乔治刚接近英格曼神甫就被一名日本兵擒住。

"他是教堂的厨子！"法比说道。

少佐问埋尸队队员："你认识这个吗？"

埋尸队队员看着手电筒光环中脸煞白的中国青年，似乎在辨认他，然后含糊地"嗯"了一声。

英格曼从松动的牙齿中吐出一句话："他是我七年前收养的弃儿。"

少佐问埋尸队队员："这几个人里面，还有谁是中国军人？"

埋尸队队员从一日本兵手里拿过手电筒，挨个照着每一个中国男人。

"我已经告诉你们了，我收留的都是普通老百姓，是本教堂的教徒。"英格曼神甫说。

埋尸队队员的手电筒此刻对准李全有的脸，说道："我认出来了，他是的。"

戴涛说："你不是认出我了吗？怎么又成他了？"

法比说："所以你就在这里瞎指！你根本谁都不认识！你把我们的厨子都认成军人了，瞎了你的狗眼！……"他指着陈乔治。陈乔治腆着过早凸显的厨子肚，一动也不敢动，眼皮都不敢眨，只敢让眼珠横着移动，因此看起来像图谋不轨。

少佐脱下白手套，用食指尖在陈乔治额上轻轻摸一圈。他是想摸出常年戴军帽留下的浅槽。但陈乔治误会他是在挑最好的位置砍他的脑瓜，他本能地往后一缩，头躲了出去。少佐本来没摸出个所以然，已经懊恼不已，陈乔治这一犟，他"唰"的一下抽出了军刀。陈乔治双手抱住脑袋就跑。

枪声响了,他应声倒下。

戴少校说:"你们打死的是无辜者!我是中国军人,你们把我带走吧!"

法比扶起仍在动弹的陈乔治,陈乔治的动弹越来越弱,子弹从后面打过来,又从前面出去,在他气管上钻了个洞,因此他整个身躯都在通过那个洞眼漏气,发出"嗤嗤"声响,鼓鼓的身体逐渐漏瘪了。

陈乔治倒下后还挣扎了一阵,正挣扎到地下仓库的一个透气孔前面。隔着铁网十几双年轻的眼睛在黑暗里瞪着他。这个厨艺不高但心地很好的年轻厨子跟女学生们没说过几句话,死的时候却离她们这么近。

书娟用手背堵住嘴巴,要不她也会像苏菲那样发出一声号叫。苏菲现在被另一个女同学紧紧抱在怀里,并轻轻地拍抚她。胆大一点的同学在这种情况下就成了胆小女孩的长辈。

少佐仔细地打量了戴涛一眼。职业军人能嗅出职业军人。他觉得这个中国男人身上散发出一种好军人的嗜血和冷酷。

少佐转向英格曼神甫,通过翻译把他的得意翻译过去:"哈,神甫,美国的中立地带不再中立了吧?你还否认窝藏日军的敌人吗?"

戴涛说："我是擅自翻墙进来的，不干神甫的事。"

英格曼神甫说："他不是日军的敌人。他现在手无寸铁，当然是无辜老百姓。"

少佐只用戴白手套的手打了一个果断手势，叫士兵们把活着的三个中国男人都带走。

法比说："你们说只带走两个的！已经打死我们一个雇员了！"

少佐说："如果我们发现抓错了，会再给你们送回来。"

法比叫道："那死错了的呢？"

少佐说："战争中总是会有很多人死错的。"

英格曼神甫赶到少佐前面："我再警告你一次，这是美国的地盘，你在美国境内开枪杀人，任意抓捕无辜的避难者，后果你想过没有？"

"你知道我们的上级怎样推卸后果的吗？他们说：那不过是军队中个人的失控之举，已经对这些个人进行军法惩处了，实际上没人追究过这些'个人之举'。明白了吗，神甫？战争中的失控之举每秒钟都在发生。"少佐流畅地说完，又由翻译流畅地翻译过去。

英格曼神甫哑口无言。他知道日军官方正是这样抵赖所有罪行的。

戴教官说："神甫，对不起，我擅自闯入这里，给您造成了不必要的惊扰。"他举起右手,行了个军礼。

戴涛的声音在赵玉墨听来好美。她忘了问他的家乡在哪里。也许少年从戎的少校四海为家,口音也五味杂陈。她就要这样眼睁睁地看着他被拉走了,前天晚上还没想到他和她会这样分手。前天晚上他告诉她,他本该早就离开教堂了,之所以推延行程,是因为他一直在偷偷寻找自己的武器。他还说,带惯手枪的男人就像戴惯首饰的女人一样,没有它,觉得底气不足。说着,他向她使个眼色,她明白,他约她出去。

他们先后从地下仓库里上到地面。真的像一场秘密幽会,眉梢眼角都是含意。两人沿着垮塌的楼梯,向垮塌的钟楼攀登。她记得他在黑暗里向她伸出手,怕她跌倒,同时还说了一句:"就把它当古代废墟探险。"

钟楼上风都不一样,更冷一些,但似乎是自由的风。因为坍塌造成的空间十分不规则,人得把身体塑成不规则的形状,在里面穿行,站或坐。戴涛拿出一副袖珍望远镜,自己先四周看了一会儿,把它递给她,月光里能看到隐约的街道,街道伸出枝蔓般的小巷,再连着叶片般的房宅。只是房宅此刻看起来全是焦黑的。仅仅因为不断在某处响起枪声,才让人意识到这不是一座千百年前就绝了人迹的荒城,还有生命在供枪弹猎杀。

"你们的家应该在那个方向。"戴少校误以为她拿着望远镜看了那么久,为的是寻找秦淮河。

"我不是在找它,"她凄凉地笑笑,"再说那又不是我的家。"

戴少校不语了,意识到她的凄凉是他引出的。

两个人沉默了一会儿,戴涛问她在想什么。她在想,该不该问他,家在哪里,有孩子吗?太太多大?但她意识到这是打算长期相处的人展开的提问。假如他问她这类话,她都懒得回答。

所以她说:"我在想啊……想香烟。"

戴涛微微一笑,说:"正好,我也在想抽烟。"

两人会心地对视一下,把视线转向废城的大街小巷。假如此刻能听见香烟小贩带着小调的叫卖声,就证明城市起死回生了,他们可以从这里出去了。香烟小贩的叫卖是序曲,不久馄饨和面摊子、炸臭豆腐摊子的叫卖声,都会跟上来。他和她可以找个好地方,先吃一顿晚餐,再找个舞厅,去跳一晚上舞。

也许戴涛想的和她想的大同小异,因为他长叹一口气,说:"这也是缘分。不然我这么个小小团副,怎么约得动你玉墨小姐。"

"你又没约过我,怎么知道约不动?"

"不是我约你上楼观景的吗？"他笑笑，头一摆，表示他正拿出这座残破钟楼和楼外一片惨景来招待她。

"这也算？"

"怎么不算？"

他站得很别扭，大概伤痛都给那站姿引发了，所以他往她面前移动一点。在月光的微亮中，她看着他。她知道，赵玉墨这一看是要倾国倾城的。

"当然不算。"她看着他说。

他管得了一个团的官兵，现在自己的心比一个团还难管。他就要不行了，但他还是没有动，把他自己的心作为那个团里最难管的一名官兵来管束。管束住了。

"那好，不算吧。等以后约你出去吃饭、跳舞、再算。"他说。

"我记着了啊。"她慢慢地说，"你要说话不算话，不来约我我可就要……"她越发放慢语速。

"你要怎么样？"

"我就要去约你。"

他嘿嘿地笑起来："女人约男人？"

"我这辈子第一次约男人，所以你最好当心点。"她伸出手，轻轻一挥他的面颊。这是个窑姐动作。她又不想装良家女子，他还没受够良家女子？她要他记住的，就是她欠他的一次款待，纯粹的、好货色的窑姐式款待。为她许愿的这

场活色生香的情欲款待,他可要好好活着,别去仗着血性
胡拼。

"那我也记住了。"

"记住什么了?讲一遍我听听。"

"记住南京的美人儿玉墨要约我,就为这个,我也不能
死。"他半认真地笑道。在外带兵的男人都是调情老手,他让
她看看,他调情调得不比她逊色。

他们俩从钟楼上下来后,在环廊上分手。他说他要去找
法比。她问他那么晚找法比做什么。他诡秘地冲她笑笑。

玉墨此刻想到的就是戴涛最后的笑脸。

从透气孔看,一个日本兵用脚踢着躺在地上的王浦生,
一面吼叫。一定是吼叫:"起来!站起来!……"

奄奄一息的小兵发出的声音太痛苦、太悲惨了,女人们
听得浑身冷噤。

"我从来没有见过你们这样残忍的军队!"神甫上去,想
拉开正抬起脚往王浦生肚子上踹的日本兵,又一刺刀划在
他的袍子上,飞雪般的鹅绒随着他飘,随着他一直飘到少佐
面前:"请你看在上帝的面上,饶了这个孩子!……"

少佐抬起指挥刀阻止神甫近前。李全有的位置离少佐
只有一步,他突然发力,从侧面扑向年轻的日本军官。谁都
没反应过来,两人已扭作一团。李全有左臂弯勾住少佐的

脖子,右手掐在了少佐气管上。少佐的四肢顿时一软,指挥刀落在地上。李全有换个姿式,左手也掐上去。日本兵不敢开枪,怕伤着少佐,挺着刺刀过来解救。在士兵们的刺刀插入李全有的胸口时,少佐的喉咙几乎被李全有的两个虎口掐断了。他看着这个陌生的中国军人的脸变形了,五官全凸出来,牙齿也一颗不落地暴露在嘴唇之外。这样一副面谱随着他手上力量的加强而放大、变色,成了中国庙宇中的护法神。他下属们的几把刺刀在这个中国士兵的五脏中搅动,每一阵剧痛都使他两只手在脖子上收紧。少佐的手脚已瘫软下来,知觉在一点点离散。垂死的力量是生命所有力量之最、之总和。

终于,那双手僵固了。那双紧盯着他眼睛的眼睛散神了。只有牙齿还暴露在那里;结实的、不齐的,吃惯粗茶淡饭的中国农民的牙齿。这样一副牙齿即便咬住的是一句咒语,也够少佐不快的。

少佐调动所有的意志,才使自己站稳在原地。热血从喉咙散开来,失去知觉的四肢苏醒了。他知道只要那双虎口再卡得长久一点,长久五秒钟,或许三秒钟,他就和这个中国士兵一同上黄泉之路了。他感到脖子一阵剧痛,好了,知道痛就好。

少佐用沙哑的声音命令士兵们开始搜查。教堂各处立刻充满横七竖八的手电光柱。英格曼神甫站在原地进入了激情而沉默的祷告。法比的眼睛慌乱地追随着冲进《圣经》工场的一串手电筒光亮。女学生们的十六个铺位还完好地保存着,十六张草垫和十六张棉褥,以及一些唱诗班礼服将是日本兵的线索。他们万一联想丰富,以一套套黑呢子水手裙联想到它们包藏的含苞待放的身体……谁能料到事情会糟到怎样的程度?

发现阁楼入口是不难的,法比很快看见手电筒的光柱晃到了阁楼上,从黑色窗帘的缝隙露出来。

搜查餐厅、厨房的士兵似乎无获而归,法比松了一口气,通向地下仓库的入口被一个烤箱压住,烤箱和厨房里其他厨具搭配得天衣无缝。

其实进入厨房的日本兵很快就产生出另一个搜查动机;他们撬开陈乔治锁住的柜子,从里面拖出一袋土豆和半袋面粉。几十万日军进城后,也在忍受饥饿,所以此刻士兵们为找到的粮食欢呼了一声。

就在一层地板下面,女学生们和窑姐们的杏眼、丹凤眼,大大小小的眼睛都一眨不眨地瞪着天花板,瞪着入口处的方形缝隙把手电光漏进来。

隔着一层帘子,窑姐们听到两三个女学生发出尖细的哼哼,像哽咽更像呻吟。玉笙用凶狠地哑声说:"小祖奶奶,再出声我过来弄死你！"

嗬呢用满手的灰土抹了一把脸。玉笙看看她，两手在四周摸摸，然后把带污黑蜘蛛网的尘土满头满脸地抹。玉墨心里发出一个惨笑：难道她们没听说？七十多岁的老太太都成了日本畜生的"花姑娘"。只有红菱一个人不去看那方形出入口，在黑暗里发愣，隔一分钟抽噎一下。她看着陈乔治怎样从活蹦乱跳到一摊血肉，她脑子转不过这个弯来。她经历无数男人，但在这战乱时刻，朝不保夕的处境中结交的陈乔治，似乎让她生出难得的柔情。她想，世上再没有那个招风耳、未语先笑的陈乔治了。她实在转不过这个弯子。红菱老是听陈乔治说："好死不如赖活着。"就这样一个甘心"赖活"，死心塌地、安分守己"赖活"到底的人也是无法如愿。红菱木木地想着：可怜我的乔治。

红菱发现玉墨手里攥着一件东西，一把做针线的小剪刀，不到巴掌大，但极其锋利。她看见过玉墨用它剪丝线头，剪窗花。早年，她还用它替红菱剪眼睫毛，说剪几回睫毛就长黑长翘了，红菱如今有又黑又翘的眼睫毛，该归功玉墨这把小剪子。它从不离玉墨的身，总和她几件贴身的首饰放在一块。她不知玉墨此刻拿它要剪什么。也许要剪断一条喉咙和血脉，为即将和她永诀的戴少校守身和报仇。

搜查厨房的日本兵还在翻箱倒柜，唧里哇啦地说着什么。每发出一声响动,女学生那边就有人抽泣一下。

喃呢悄声说:"玉墨姐,把你的剪子分我一半。"

玉墨不理她,剪子硬掰大概能掰成两半,现在谁有这力气?动静弄大了不是引火烧身?人人都在羡慕玉墨那把剪子。哪怕它就算是垂死的兔子那副咬人的牙,也行啊!

玉笙说:"不用剪子,用膝盖头,也行。只要没把你两个膝盖捺住,你运足气猛往他那东西上一顶……"

玉墨"嘘"了一声,叫她们别吭气。

玉笙的过房爹是干打手的,她幼时和他学过几拳几腿。她被玉墨无声地呵斥之后,不到一分钟又忘了,又传授起打手家传来。她告诉女伴们,假如手没被缚住,更好办,抓住那东西一捻,就好比捻脆皮核桃。使出呷奶的劲,让他下不出小日本畜生。

玉墨用胳膊肘使劲捣她一下,因为头顶上的厨房突然静了。似乎三个日本兵听到了她们的耳语。

她们一动不动地蹲着、坐着、站着,赤手空拳的纤纤素手在使着一股恶狠狠的气力,照玉笙的说法,就像捻碎一个脆皮核桃,果断,发力要猛,凝所有爆发力于五指和掌心,"咔嚓嚓"……

玉墨手捏的精细小剪子渐渐起了一层湿气,那是她手上的冷汗所致。她从来没像此刻这样钟爱这把小剪刀。她此刻爱它胜于早先那个负心汉送她的钻石戒指。她得到小剪刀那年才十三岁。妓院妈妈丢了做女红的剪刀,毒打了她一顿,说是她偷的。后来剪刀找到了,妈妈把它作为赔不是的礼物送给她。玉墨从那时起下决心出人头地,摆脱为一把剪刀受辱的贱命。

一个女孩又抽泣一声。玉墨撩开帘子,咬着牙用耳语说:"你们哭什么? 有我们这些替死鬼你们还怕什么呢? "

书娟在黑暗中看着她流水肩、杨柳腰的身影。多年后书娟把玉墨这句话破译为:"我不下地狱,谁下地狱。"

玉墨回到帘子另一边,从透气孔看见日本兵拖着浑身没穿衣服只穿绷带的王浦生往大门方向走。

王浦生疼得长号一声。戴涛大声说:"这孩子活不了两天了,为什么还要……"

戴涛的话被一声劈砍打断。两天前玉墨企图用一个香艳的许愿勾引他活下去,他说他记住了。现在他存放着那个香艳记忆的头颅落地了。

已经没有活气的王浦生突然发出一声怪叫:"我日死你八辈日本祖宗! "

翻译没有翻这句中国乡下少年的诅咒。

王浦生接着怪叫:"日死你小日本姐姐,小日本妹妹! "

翻译在少佐的逼迫下简单地翻了一句。少佐用沾着戴少校热血的刀刺向王浦生，在他已溃烂的腹腔毫无必要地一刺再刺。

玉墨捂住耳朵，小兵最后的声音太惨了。两天前豆蔻还傻里傻气地要弹琵琶讨饭和这小兵白头偕老的呀，这时小两口一个追一个地做了一对年轻鬼魂。

手电筒光亮熄了，杂沓的军靴脚步已响到大门口。接着，卡车喇叭"嘟"地一声长鸣，算作行凶者耀武扬威的告辞。当卡车引擎声乘胜远去时，女人们和女孩们看见英格曼神甫和法比的脚慢慢移动，步子那么惊魂未定，心力交瘁。他们在搬动几个死者的尸体……

玉墨"呜呜"地哭起来。从窗口退缩，一手捏住那把小剪刀，一手抹着澎湃而下的泪水，手上厚厚的尘土，抹得她面目全非。她是爱戴少校的，她是个水性杨花的女人，一颗心能爱好多男人，这三个军人她个个爱，爱得肠断。

这时是临晨两点。

十四

一九三七年十二月二十日的清晨六点，两位神甫带领十三个女学生为死去的三个军人和陈乔治送别。女孩们用低哑的声音哼唱着安魂曲。我十三岁的姨妈书娟站在最前面。日本兵离去后，她们就用白色宣纸做了几十朵茶花。现在，一个简陋的花环被放在四具尸体前面。刚才女孩们抬着花环来到教堂大厅时，玉墨带着红菱等人已在堂内，她们忙了几小时，替死者净身更衣，还用剃刀帮他们刮了脸。戴少校的头和身体已归为一体，玉墨把自己的一条细羊毛围脖包扎在他脖子的断裂处。她们见女孩们来了，都以长长的凝视和她们打个招呼。

只有书娟的目光匆匆错开去。她心里还在怨恨，在想，世上不值钱、不高贵的生命都耐活得很,比如眼前这群卖笑女人,而高贵者如戴少校,都是命定夭折,并死得这般惨烈。

她看妓女们全穿着素色衣服,脸色也是白里透青,不施粉黛的缘故。赵玉墨穿一袭黑丝绒旗袍,守寡似的。她的行头倒不少,服丧的行头都带来了。书娟很想剜她一眼,又懒得了。妓女们在鬓角戴一朵白绒线小花,是拆掉一件白绒线衣做的。

英格曼神甫穿着他最隆重的一套服饰,因长久不穿而被虫蛀得大洞小眼。他一头银白色的头发梳向脑后,戴着沉重的教帽,杵着沉重的教杖走上讲台。

葬礼一开始,书娟就流下眼泪。我姨妈孟书娟是个不爱流泪的人,她那天流泪连她自己也很意外。她向我多次讲述过这三个中国战士的死亡,讲述这次葬礼,总是讲:"我不知道到底哭什么,哭得那么痛。"老了后书娟成了大文豪,可以把一点感觉分析来分析去,分析出一大堆文字。她分析她当时流泪是因为她对人这东西彻底放弃了希望:人怎么没事就要弄出一场战争来打打呢?打不了几天人就不是人了,就退化成动物了,而动物也不吃自己的同类呀。这样的忍受、躲避、担惊受怕,她一眼看不到头。站在女伴中低声哼唱着安魂曲的书娟,眼睛泪光闪闪,看着讲坛下的四具遗体。

她从头到尾见证了他们被屠杀的过程。人的残忍真是没有极限,没有止境。天下是没有公理的,否则一群人怎么跑到别人的国家如此撒野?把别人国家的人如此欺负?她哭还因为自己国家的人就这样软弱,从来都是受人欺负。书娟哭得那个痛啊,把冲天冤屈都要哭出来。

早晨七点,他们把死者安葬在教堂墓园中。

英格曼神甫换上便于走路的胶皮底鞋,去安全区报告昨夜发生的事件,顺便想打听一下,能否找到交通工具把十几个女学生偷偷送出南京。哪怕能有一辆车,把女孩子们安全运送到拉比先生家里,或者让她们在罗宾孙医生住处挤一挤都行。只要有一两名安全区委员会的委员跟随车子,保障从教堂到拉比先生或罗宾孙医生的宅子五公里路程上不被日军截获。发生了昨夜的事件,英格曼神甫认为教堂不但不安全,而且似乎被日军盯上了。他觉得日军在搜查阁楼之后,一定会怀疑那些女学生们没有离开,从而怀疑法比给他们的解释:在南京陷落前,所有女学生都被家长带走了。英格曼神甫甚至恐惧地想到,日本兵连女孩们的气味都能闻出来。他记起昨夜,似乎听到一个女孩失声叫喊了一声。但愿那是错觉,是紧张到神经质的地步发生的幻听。

就在英格曼神甫分析自己是否发生过刹那的听觉迷乱时,隔着半个地狱般的南京城,那位日本少佐也在想他昨夜听到的一声柔嫩叫喊是怎么回事。

当然,我这样写少佐当然是武断的、凭空想象的。不过根据他这天下午就要付诸的行动,我觉得我对少佐的心理揣摩还是有些依据。在那个年轻的教堂厨师被子弹打中倒地时,少佐听见了一声少女的叫喊。很年轻的声音,乳臭未干。接下去少佐听了搜索阁楼的士兵的报告,说阁楼是个集体闺房。离开教堂后,他把那声叫喊和十几个铺位、十几套黑色水手礼服裙联想起来,怀疑那十几个女孩子就藏在教堂里。少佐想象着十几个穿着黑呢子水手裙的少女,她们的皮肤在手掌上留下的手感一定就像昂贵的鲜河豚在嘴唇和舌头上留下的口感,值得为之死。他肉体深处被吊起的馋欲使他大受煎熬。少佐和大部分日本男人一样,有着病态的恋童癖,对女童和年轻女子之间的女性怀有古老的、罪恶的慕恋。少佐把那声似有若无的叫喊想成她奉出初夜的叫喊,越想越迷醉。那声叫喊是整个血腥事件中的一朵玫瑰。假如这病态、罪恶的情操有万分之一是美妙的;假如没有战争,这万分之一的美妙会是男人心底那永不得抒发的黑暗诗意。但战争使它不同了,那病态的诗意在少佐和他的男同胞身心内立刻化为施虐的渴望。作为战胜者,若不去占有敌国女人,就不算安全地战胜,而占有敌国女人最重要的是占有敌国女性中最美的成分——那些少女们。所以少佐要完成他最后的占领,占有敌国少女,占有她们的初夜。

　　我想少佐大概花费了大半天工夫才寻找到那盆圣诞红。他打算带着圣诞礼物,带着花,以另一种姿态去揿响威尔逊教堂的门铃,有了一盆圣诞红,他就不再是昨夜那个执行军务时不得已当了屠夫的占领军军官了。

　　先让英格曼神甫去和安全区的领导们商讨如何把女学生们偷运出教堂的乏味枯燥的细节吧。也让少佐去上天入地地寻找他认为下午造访必不可缺的圣诞红吧。我还要回到教堂墓园,这是早上七点一刻左右,英格曼神甫刚刚出门。

　　秦淮河的女人们和女孩们都离开了,只有玉墨一人还站在戴涛的墓前。

　　法比回过头,调整一下胳膊上的绷带说:"走吧,像要下雨了。"

　　玉墨用手背在脸上蹭一下,动作很小,不希望法比看见她在擦泪。

　　法比站在原地等了一会儿,见玉墨没有走的意思,又回来,一边说:"赶紧回去,外头不安全。"

　　玉墨回过头,两只大眼哭小了、哭红了,跟鼻头在小小的苍白脸上形成三点红。她现在不仅不好看,还有点丑。但法比觉得她那么动人。他还看到她这二十五岁错过的千万个做女教师、女秘书、少奶奶、贵妇人的可能性。但他现在相信正因为她没有了那千万个幸运的可能性而格外动人。那被错过的千万个可能性之一，是二十多岁的法比刚从美国回来，偶遇一个十来岁的小姑娘，正要被卖进堂子，法比拿出全部的积蓄付给了出售小姑娘的男人。那小姑娘告诉法比，她叫赵玉墨。这是他和她共同错过的可能性。

因此，法比此刻问她："你家里还有什么人吗？"

"大概还有吧。"她心不在焉地说，"问这个做什么？"

"怕万一有什么事情……不怕一万，只怕万一，失去联系了，我还能找到你家里人。"

"怕万一我死了？"玉墨惨笑一下，"对我家里人来说，我死了跟我活着没什么两样。"

法比不说话了，肩上的枪伤疼得紧一阵、慢一阵。

"他们只要有大烟抽就行。几个姐妹够他们卖卖，买烟土的。"

"你有几个姐妹？"

"我是老大，下面还有两个妹妹，一个弟弟，我妈没抽大烟的时候，我也不比那些女学生差，也上过好学校，我上过一年教会学校。"

她把父亲怎么把她抵押给她堂叔，堂婶最终怎么把她卖到南京的"少年时代"简单地叙述一遍。无比家常地、自己都觉得过分平淡无趣地进述着。讲到那把小剪刀让她遭到的羞辱和屈打，讲到小剪刀让她切齿立志：哪怕就是用这下贱的营生,她也要出人头地。

这时法比和她已坐在教堂大厅里,做完安魂弥撒的焚香和蜡烛气味尚未消散。

玉墨在最前面一排椅子上坐下来,顺手拿起为教徒准备的《圣经》,尖刻地笑笑。她是在尖刻自己。

法比因为将就枪伤的疼痛,僵着半边身体站在她对面。她对他讲这么多,让他有点尴尬,有点愧对不敢当,他又不是她的忏悔神甫,她也不是忏悔的教徒。对于常常独处的法比,把过多地了解他人底细看成负担,让他不适。或许叫玉墨的这个女人在做某种不祥的准备。

她突然话锋一转:"副神甫,您呢?"她想知道他的底细,用底细换底细。

不知怎么一来,法比开讲了。他把自己的父母怎样将他留在中国,他的养父和阿婆怎样把他养大的过程讲给她听。法比一边讲一边想,似乎从来没有人要听他的故事,没有人像赵玉墨这样倾心地听他讲述。对这样的倾心聆听,法比突然爆发了倾诉欲;一些情节已讲过了,他又回过头去补充细节。他认为他讲的那些细节一定生动之极,因为赵玉墨的眼睛和脸是那么入神。他说到去美国见到一大群血缘亲眷时的紧张和恐惧,玉墨悲悯地笑了笑。这女人对人竟有如此透彻的理解。

法比想，假如有一个愿意听他诉说的人，他可以不喝酒。这样的聆听面孔，可以让他醉。

玉墨说："我没想到，这辈子会跟一个神甫交谈。"

法比更没想到，他会跟一个妓女交换底细。

"那你会一直在这教堂里？"

法比一愣，他从来没怀疑过自己会生老终死在这座院子里，自己的墓会排列在英格曼神甫旁边。现在被赵玉墨问起来，他倒突然怀疑起来。可能他一直就在怀疑，只是那疑惑太不经意，似是而非，但一直是和他的不怀疑并行存在的，上帝也是似是而非地存在着。尤其经过昨天夜里，造物主显得多么软弱无力，不是同样好欺负吗？他看着这个启发了他的怀疑的女人。他嘴里还在跟她谈着他遇到英格曼神甫之后的事情，心里却在延续她十一二岁时错过的那个可能性，她遇到一个讲扬州话的西方青年，青年把她送进威尔逊女子教会学堂，暗中等待她长大。等待她高中毕业，成一个教养极高的尤物，法比走到她面前，对她宣布，自己已经还俗……此刻法比看着那被无数男人亲吻过的嘴，下巴的线条美轮美奂。她的黑旗袍皮肤一样紧紧裹在身上；这是一具水墨画里的中国女子的身体，起伏那样柔弱微妙，只有懂得中国文化的西方男人才会为这具身体做梦——叫赵玉墨的女人那样凝视了他之后，他几番做梦，梦中赵玉墨从那一套套衣饰生给剥出来，糯米粉一样黏滑阴白的肌肤，夜生活沤白的肌肤，让他醒来后恨自己，更恨她。

也许这恨就是爱。但法比仇恨那个会爱的法比，并且，爱的那么肉欲，那么低下。

让法比感到安全的是，叫赵玉墨的女人，永远不会爱上他。她那含意万千的凝视是她的技巧，是她用来为自己换便利的，由此他更加恨她。他糊涂了，若是她死心塌地真心诚意地爱他，他不就完结了吗？难道他不该感激她只和他玩技巧？

"我回去了。"她站起身，哭红的眼睛消了点肿。

她为姓戴的少校流了那么多眼泪，少校在天有灵，该知道自己艳福不浅，他法比要是换到戴少校的位置上，她会怎么样？她会黯然神伤那么一下，心里想：哦，那个叫法比的不中不洋的男人不在了。但他在与不在，又有什么不同？对她没什么不同。对谁都没什么不同。

"神甫，你现在记住了？"

法比莫名其妙地看着她。她头一歪，似乎要笑，法比明白了，她问他是否记住了她的底细。她这个轻如红尘的女人，一旦消失，就像从来没投胎到这世上似的。现在法比万一有记性，该记住即便她如一粒红尘，也是有来龙去脉的。

法比心里生出一阵从来没有过的疼痛。

十五

　　英格曼神甫下午两点多从安全区步行回来，从教袍里拿出五六斤大米。法比把粥煮好之后，把女人们和女学生们都叫到了餐厅里。英格曼神甫告诉她们，就在前天，日本兵公然从安全区掳走几十个女人。他们使的手段非常下流，先制造一件抓获中国士兵的事端，调虎离山地把安全区几个领导引到金陵女子学院大门口，同时用早已埋伏的卡车把猎获的几十个女人从侧门带走了。英格曼神甫说，安全区的生活条件比教堂更糟，过分拥挤，粪便满地，流行病不断发生，难民间也时而为衣食住行冲突，所以安全区领导们并不觉得十几个十三四岁的女孩在安全区会比在教堂更安全。惠特琳女士和英格曼神甫说定，今天夜里开救护车到教堂来,把女学生们运送到罗宾孙医生的宅子里。

一九三七年十二月二十一日下午四点发生的事,我姨妈孟书娟在脱险后把它记录下来。多年后,她又重写了一遍。我读到的,是她以成熟的文字重写的记述。我毕竟不是我姨妈那样的史学文豪,我是个写小说的,读到这样的记载就控制不住地要用小说的思维去想象它。现在,我根据我的想象以小说文字把事件还原。

十二月的南京天黑得早,四点钟就像夏日的黄昏那样暗了。再加上这是个阴雨天,清晨没有过渡到白天,就直接进入了暮色。

英格曼神甫这时在阅览室打盹儿——他已经搬到阅览室住了,为了不额外消耗一份柴火去烧他居处的壁炉,也为了能听见法比·阿多那多上楼下楼、进门出门的声音,这声音使他心里踏实,觉得得到了法比的间接陪伴,法比也在间接给他壮胆。

法比从楼梯口跑来,一面叫喊:"神甫!……"

这是魂飞魄散的声音。

英格曼神甫企图从扶手椅里站起,两腿一虚,又跌回去。法比已经到了门口。

"来了两辆卡车!我在钟楼上看见的!"法比说。

可怜的法比此刻像个全没主意的孩子,英格曼神甫站起来,鹅绒袍子胸口上的长长刀伤使袍子的里子露出来,那是深红的里子,创面一样。可怜的他自己,竟也是个全无主意的孩子。

"去让所有人做好准备。不要出一声,房子被推倒都不要出来。"他说着,换上葬礼穿的黑教袍,拿起教杖。

到了院子里,英格曼的眼前已经一片黄颜色,墙头上穿黄军装的日本兵坐得密密麻麻,如同闹鸟灾突然落下的一群黄毛怪鸟。

门铃开始响了。这回羞答答的,响一下,停三秒,再响一下,英格曼看见法比已从厨房出来了,他知道女人们和女学生们都接到了通知。他向法比一抬下巴,意思是:时候到了,该你我了。

英格曼神甫和法比·阿多那多并肩走到门前,打开窥探小窗口,这回小窗口没有伸进一把刺刀,而是一团火红。英格曼看清了,少佐左手将一盆圣诞红举向小窗,右手握在指挥刀把上。

"何必用门铃?你们又不喜欢走正门。"英格曼神甫说。

"请接受我们的道歉,"少佐说。同时他的马靴碰出悦耳的声响,然后深深鞠了一躬,"为了昨晚对神甫大人的惊扰。"

为了这两句致歉,难为他操练了一阵英文。

"一百多士兵荷枪实弹来道歉？"英格曼神甫说。

翻译出现了，一个五十多岁，戴金丝边眼镜的儒雅汉奸。

"圣诞将临，官兵们来给二位神甫庆贺节日。"翻译说道。这回他主子只是微笑，台词由他来配，看来事先把词都编好背熟了。

"谢谢，心领了。"英格曼神甫说，"现在能请你的士兵们从墙头上退下去吗？"

"请神甫大人打开门吧！"翻译转达少佐彬彬有礼的请求。

"开不开门，对你们有什么区别？"

"神甫说得一点不错，既然没区别，何妨不表示点礼貌？"翻译说。

英格曼神甫头一摆，带着法比走开了。

"神甫，激怒我们这样的客人是不明智的。"翻译文质彬彬地说。

"我也这么认为过。"英格曼站下脚，回过头对闭着的大门说，"后来发现，对你们来说，激怒不激怒，结果都一样。"

法比轻声说："别把事情越弄越坏。"

英格曼神甫说："还有坏下去的余地吗？"他绝不会放这群穿黄军服的疯狗们从正门进来。让他们从正门进来，就把他们抬举成人类了。

他回过头，暮色中的院子已是黄军服的洪荒了。一群士兵找到斧子,把大门的锁砸断。少佐带着十来个士兵大步走进来,像要接管教堂。

"这回要搜查谁呢?"英格曼神甫问道。

少佐又来一个鞠躬。这个民族真是繁文缛节地多礼啊。翻译用很上流的造句遣词对英格曼说:"神甫阁下,我们真是一腔诚意而来。"他说着略带苦楚的英文,少佐以苦楚的神情配戏,"怎样才能弥补我们之间的裂痕呢?"

英格曼神甫微微一笑,深陷的眼窝里,灰蓝的目光冷得结冰。

"好的。我接受你们的诚挚歉意,也接受你们的祝贺,现在,让我提醒你们,出去的门在哪里。"神甫说。他转过头,似乎领头把他们往门口带。

"站住!"少佐用英文说道。他一直演哑剧,让翻译替他配解说词,这时急出话来了。

英格曼神甫站住了,却不转身,背影是"早料到如此"的样子。

少佐对翻译恶狠狠地低声授意,翻译翻过来却还是厚颜的客套:"我们的节日庆祝节目还没开始呢!"

英格曼神甫看着少佐,又看一眼满院子的手电筒光亮。暮色已深,渐渐在变成夜色,手电筒光亮的后面,是比夜色更黑的人影。

"在圣诞之前，我们司令部要举行晚会，上峰要我邀请几位尊贵的客人。"他从旁边一个提公文包的军官手里接过一个大信封，上面印有两个中国字："请柬"。

"领情了，不过我是不会接受邀请的。"英格曼神甫手也不伸，让那张脸面印得很漂亮的请柬，在他和大佐之间尴尬着。

"神甫误会了，我的长官请的不是您。"少佐说。

英格曼迅速抬起脸，看着少佐微垂着头，眉眼毕恭毕敬。他一把夺过请柬，打开信封，不祥的预感使他患有早期帕金森症的手大幅度颤抖。少佐让一个士兵给神甫打手电照明。请柬是发给唱诗班的女孩的。

"我们这里没有唱诗班。"英格曼神甫说。

"别忘了，神甫，昨夜你也说过，这里没有中国军人。"

法比从神甫手里夺过请柬，读了一遍，愣了，再去读。第一遍他不相信自己的眼睛，第二遍他一个字也读不进去。他把请柬扔在地上，咆哮一声："活畜生！"江北话此刻是最好的表白语言。法比转向少佐，面孔灰白："上次就告诉你们了，威尔逊学校的女学生全部给父母领走了！"

"我们研究了著名的威尔逊女子教会学堂的历史。女学生中有一小部分是没有父母的。"翻译把少佐的意思译得有礼有节，一副摊开来大家讲道理的样子。

"那些孤儿被撤离的老师们带走了。"法比说。

"不会吧，根据准确情报，在南京失守的前一清晨，还听见她们在这里唱诗，大日本皇军有很多中国朋友，所以别以为我们初来乍到，就会聋、会瞎。"少佐通过翻译说。

英格曼神甫始终沉默，似乎法比和少佐的扯皮已经不再让他感兴趣，他有更重大的事情要思考。

谁把这些女孩子们出卖了？也许他提供这致命信息时以为日本人是真想听女孩们唱诗，想忏悔赎罪。日军里确实有一部分基督徒和天主教徒。出卖女孩子们的人可能也不知道，日本军人是怎样一群变态狂，居然相信处女的滋补神力，并采集处女刚萌发的体毛去做护身符，挂在脖子上，让他们避邪，让他们在枪林弹雨中避过死伤……英格曼神甫脑子里茫茫地浮过这些念头，等他回过神，法比正用身体挡住少佐的士兵。

"你们没有权力搜查这里！"法比说，"要搜查，踩着我的尸首过去！"

法比已然是一副烈士模样。

手电筒后面，一阵微妙的声响，一百多士兵，刀、枪、肢体都进入了激战状态，士气饱满，一切就绪。英格曼神甫长叹一声，走到少佐面前："她们只有十几岁，从来没接触过社会，更别说接触男人、军人……"

少佐的面孔在黑暗中出现一个笑容：听上去太合口味了，要的就是那如初雪的纯洁。

少佐说："请神甫们放心，我以帝国军人的荣誉担保，唱完以后，我亲自把她们送回来。"

"神甫，你怎么能信他的鬼话？"法比用江北土话质问英格曼神甫，"我死也不能让他们干那畜生事！"

"她们不会接受邀请的。"英格曼神甫说。

少佐说："对她们来说这是一件大好事，鲜花、美食、音乐，相信她们不至于那么愚蠢，拒绝我们的好意，最终弄出一场不愉快。"

"少佐先生，邀请来得太突然了。孩子们都没有准备，总得给她们一点时间，让她们洗脸、梳头，换上礼服，再说，也得给我一点时间，把事情原委好好告诉她们，叫她们不要害怕。你们是她们的敌人，跟敌国的士兵走，对她们来说是非常恐怖的，万一她们采取过激行为，自杀自残，后果就太可怕了。"

英格曼神甫的著名口才此刻得到了极致发挥，似乎他是站在第三者的局外立场上，摆出最有说服力的事实，既为少佐着想，又为女学生们考量。

"你以为这些畜生真要听唱诗？"法比说。

"神甫，你认为多长时间可以让孩子们准备好？"少佐通过翻译问道。

"三小时应该够了。"

"不行，一小时，必须完成所有准备。"

"至少要两个小时！"

"不行！"

"两个小时是最起码的。你总不愿意看着一群饥寒交迫、蓬头垢面、胆战心惊的女孩子跟你们走吧？你希望她们干净整洁，心甘情愿，对吧？我需要时间劝说她们，说你们不杀人，不放火，不抢不奸，对吧？否则她们集体自焚怎么办？"英格曼神甫说。

老神甫的苦口婆心让少佐郑重考虑了几秒钟，说："我给你一小时二十分钟。"

"一小时四十分。"英格曼神甫以上帝一般不容置疑的口气说道。

英格曼神甫赢了这场谈判。

"同时，我请求少佐先生把士兵们带出去，你们这样的阵势，指望我怎么镇定她们、消除她们的恐惧？她们不是社会上的一般女孩。请你想象一下，修道院的高墙。她们学校跟修道院很接近，学校就是她们的摇篮，她们从来没离开过这个摇篮。所以她们非常敏感，非常羞怯，也非常胆小。在我没有给她们做足心理准备之前，这些全副武装的占领军会使我所有的说服之词归于无效。"

少佐冷冷地说了一句，被译过来为："这个请求我不能答应。"

英格曼神甫淡淡一笑："你们这样的兵力，够去包围一座城堡了，还怕赤手空拳的小女孩飞了？"

又是一句极其在理的辩驳，少佐很不甘地站了一会儿，下令所有士兵撤出教堂院子。

"神甫，我没想到你会听信他们的鬼话！……"法比愤怒地说。

"我连一个字都没信。"

"那你为什么不拒绝邀请？"

"拒绝了，他们反正可以把孩子们搜出来。"

"万一搜不出来呢？至少我们能碰碰运气！"

"我们总可以迟些再碰运气。现在我们赢得了一小时四十分，得抓紧每一分钟想出办法来。"

"想出办法救你自己的命吧？"法比彻底造反了。

英格曼神甫却没有生气，好像他根本没听见法比的话。法比激动起来就当不了英文的家，发音语法都糟，确实也难懂。英格曼神甫可以选择听不懂他。

"我们有一个多小时，比没有这一个多小时强多了。"

"我宁可给杀了也不把女孩们交出去……"

"我也宁可。"

"那你为什么不拼死拒绝？"

"反正我们总是可以迟一会儿去拼死,迟一个多小时……现在你走开吧。"

外面黑得像午夜,法比离开了英格曼神甫。他回过头,见英格曼神甫走到受难圣像前,面对十字架慢慢跪下。法比此时还不知道在他和少佐说话时,一个念头在神甫脑子里闪现了一下。现在他要把那闪念追回来,仔细看看它,给它一番冷静的分析。

十六

当英格曼神甫跟日本军官说到女孩们需要梳洗打扮去出席晚会时，书娟和女同学们正瞪大眼睛聆听。神甫是老糊涂了吗？难道不是他把豆蔻的结局告诉她们的吗？他也要让日本人把她们一个个当豆蔻去祸害？那件男人用来毁灭女人的事究竟是怎样的，如何通过它把苏菲、书娟等毁成红菱、玉墨、喃呢，最终毁得体无完肤如豆蔻，她们还懵懂，正因为懵懂，即将来临的毁灭显得更加可怖。

"日本人真的会送我们回来？"一个女孩问。这时还有如此不开窍的。

女孩们没一个人搭理她。说话的女孩比书娟低一年级，家在安庆乡下，母亲是个富孀，不知从哪里来的怪念头，把女儿送到南京受洋教育。

"刚才没听到？还有好吃的,还有花。"这个小白痴说。

"那你去啊!"苏菲说。一听就知道这句好好的话是给她当脏话来骂的。

"你去我就去,"安庆女孩回嘴道。

"你去我也不去!"苏菲说。她可找到一个出气筒了。

安庆女孩不语了。

"你去呀!"苏菲号起来。此刻找个出气筒不易,绝望垂死的恶气都能通过它撒出去,"日本人有好吃的,好喝的,还有好睡的!"

安庆女孩不知什么时候扑到苏菲身边,摸黑给了苏菲一巴掌,打到哪儿是哪儿。苏菲并没有被打痛,却几乎要谢谢安庆女孩的袭击,现在要让出气筒全面发挥效应,拳头、指甲、脚,全身一块出气。安庆女孩哭起来,苏菲马上哭得比她还要委屈,似乎她揍别人把自己揍伤了,上来拉架的女孩们拉着拉着也哭了。

"臭婊子,骚婊子!"苏菲一边拳打脚踢,一边骂道。现在她是打到谁算谁。她要出的气太多了,也出徐小愚让她怄的那口恶气。朝三暮四的徐小愚把一片痴心的苏菲耍惨了,还是在性命攸关的时候耍的……"臭婊子!……"苏菲的恶骂被呜咽和拳脚弄得断断续续。

"哎,你骂哪个?"帘子一撩,出现了红菱。喃呢和玉笙跟在她后面。

"婊子也是人哦。"红菱几乎是在跟女孩们逗闷子,"不要一口一个臭啊骚的。"

玉墨说:"本来都斯斯文文,怎么学这么野蛮?跟谁学的?"

喃呢说:"跟我们学的吧? ……你们怎么能跟我们这种人学呢?"

女孩们渐渐停止打斗,闷声擦泪,整理衣服、头发。

安庆女孩还在呜呜地哭。

帘子又一动,赵玉墨过来了,两条细长的胳膊叉在腰上,一个厉害的身影。

"啊烦人啊?"玉墨用地道的市井南京话说,"再哭你娘老子也听不见,日本人倒听见了,你们几个,"她指指红菱等,"话多。"

然后她重重地撩帘子,回到女人们那边去了。

女孩们奇怪地安静下来。赵玉墨的口气那么平常,可以是一个被烦透的年轻母亲斥责孩子,也可以是学校监管起居杂务的大姐制止啰里巴嗦的小女生。

女学生们此刻似乎非常需要她这么来一句,漫不经心,有点粗糙,不拿任何事当事。

当英格曼神甫从十字架前面站起来，思维和知觉一下子远去，他知道自己处在虚脱的边沿上，疲劳、饥饿、沮丧消耗了一多半的他，而他剩下的生命力几乎不能完成他马上要说的、要做的。他将要说的和做的太残忍了，为了保护一些生命，他必得牺牲另一些生命。那些生命之所以被牺牲，是因为她们不够纯，是次一等的生命，不值得受到他英格曼的保护，不值得受到他的教堂和他的上帝的保护。他被迫作出这个选择，把不太纯的、次一等的生命择出来，奉上牺牲祭台，以保有那更纯的、更值得保存的生命。

是这么回事吗？在上帝面前，他有这样的生死抉择权，替上帝作出优和劣的抉择？……

他穿过院子，往厨房走去。

他会以"我的孩子"来开始他的"抉择"演说，就像成百上千次他称呼女学生们"我的孩子"那样。难道她们不也是他的孩子们？奇怪得很，他感到一种冲动，想称她们为他的孩子，他甚至不感到造作和勉强。究竟什么时候他对她们改变了看法？当然没有完全改变看法，否则他不会把她们当成牺牲，供奉出去。他仍然不尊重她们，但不再嫌恶她们。

他要向她们表示痛心：事情只能这样子，日本人带走的只能是她们。只能牺牲她们，才能搭救女孩们。他会对她们说："我的孩子们，牺牲自己搭救别人能使一个人的人格达到最神圣的境界。通过牺牲,你们将是最圣洁的女人。"但他在走进厨房的门之前,突然感到这一番话非常可笑,非常假模假式,甚至令他自己难为情。

那么说什么好呢?

他甚至希望她们抗拒,跟他翻脸,恶言相向,这样他会产生力量,对她们说:"很遗憾,你们必须跟日本人走,立刻离开教堂。"

一秒钟都浪费不起了,可英格曼神甫仍在满心火烧火燎地浪费时间。

"神甫!"法比从后院跑来,"墓园里都是日本兵!他们跳进墙里一直埋伏在那儿!"

英格曼一下推开了厨房的门。他脑子里只剩一闪念:但愿这些女人能像所有的中国良家女子一样,温顺地接受自己的命运。

但英格曼神甫在推开的门口站住了。

女人们围着大案板,围拢一截快燃尽的蜡烛,好像在开什么秘密会议。

"你怎么在这里?"法比小声问。

"是我叫她们上来的。"玉墨说。

"十几个日本兵刚才没跟他们的长官出去,守在后院墓地里呢!"法比说。

玉墨无所谓地看了他一眼，就把目光转向英格曼神甫："我们姐妹们刚才商议了……"

玉笙说："你跟谁商议了?!"

玉墨接着说："我们跟日本人走，把学生们留下来。"

英格曼神甫立刻感到释然，但同时为自己的释然而内疚，并恨自己残忍。

法比急着插嘴："你们真以为有酒有肉?"

喃呢说："真有酒有肉我也不去!"

玉墨说："我没有逼你们，我自己能替一个是一个。"

红菱懒懒散散地站起来，一面说："你们以为你们比赵玉墨还金贵啊?比臭塘泥还贱的命，自己还当宝贝!"她走到玉墨身边，一手勾住玉墨的腰，对玉墨说，"我巴结你吧?我跟你走。"

玉笙大声说："贱的贵的都是命，该谁去谁去!……"

几个女人嘟哝起来："我还有爹妈兄弟要养呢!"

"又没点我的名，我干什么要去?"

玉墨恼怒地说："好，有种你们就在这里藏到底，占人家地盘，吃人家口粮，看着日本人把那些小丫头拖走去祸害!你们藏着是要留给谁呀?留着有人疼有人爱吗?"她现在像个泼辣的村妇，一句话出口，好几头挨骂，但又不能确定她究竟骂谁。"藏着吧，藏到转世投胎，投个好胎，也做女学生，让命贱的来给你们狗日的垫背！"

玉墨的话英格曼神甫不太懂。有些是字面上就不懂，有些是含意不懂，但法比是懂的，他生长的江北农村，不幸的女人很多，她们常常借题发挥，借训斥孩子诉说她们一生的悲情。让人感到她们的悲哀是宿命的安排，她们对所有不公正的抗拒最终都会接受，而所有接受只是因为她们认命。玉墨的话果然让绝大多数女人都认了命，温顺地静默下来。

"你们不必顶替女学生。"法比对玉墨说。

玉墨愣了。法比感到英格曼神甫的目光刺在他右边的脸颊上，"谁都不去。"

英格曼神甫用英文说："说点有用的话，法比！"

"让她们全藏到地下室，也许日本人搜不出来。"法比说。

"这风险我们冒不起！"

"南京事件的时候，直鲁军和江右军几次跑进教堂来，我们不是躲过来了吗？"法比启发神甫。

"可是日本人已经知道女学生藏在教堂里……"

"那就是你向日本人供认的时候，已经想好要牺牲这些女人了。"激动的法比发音含糊但语速飞快。他看老神甫吃力地在理解他，便又重复一遍刚才的指控。他从来没像此刻这样，感到自己是个彻头彻尾的中国男人，那么排外，甚至有些封建，企图阻止任何外国男人欺负自己种族的女人。

"法比·阿多那多,这件事我没有跟你商量!"英格曼神甫以低音压住了法比的高音。

门铃响了。蜡烛上的火苗扭动一下。

"快到地下室去!"法比对女人们说,"我活着,谁也别想拉你们做垫背的!"

"没有拉我们,我们是自愿的。"玉墨看着法比,为这一瞥目光,法比等了好多个时辰,好几天,好几夜,这目光已使法比中毒上瘾,现在发射这目光的眼睛要随那身躯离去,毒瘾却留给了法比。

"我去跟少佐说一声,请求他再给我们十分钟。"英格曼说。

"二十分吧。装扮学生,二十分钟是起码的。"玉墨说。

英格曼神甫眼睛一亮,他没想到赵玉墨的想法比他更聪明、更成熟,干脆就扮出一批女学生来!

"你觉得你们能扮得像吗?"英格曼问。

红菱接道:"放心吧,神甫,除了扮我们自己扮不像,我们扮谁都像!"

玉墨说:"法比,请把学生服拿来,不要日常穿的,要最庄重的,要快!"

法比跑到《圣经》工场,开始往阁楼上攀登时,突然想到,刚才赵玉墨没有叫他"副神甫",而是叫他"法比",把"法比"叫成了一个地道的中国名字。

英格曼神甫的恳求得到了少佐的批准。他的部队在寒冷中静默地多候了二十分钟。英格曼给的理由是说得过去的:唱诗礼服很久没被穿过,有的需要钉钮扣,有的需要缝补、熨烫。士兵们站在围墙外,一个挨一个,刺刀直指前方。多二十分钟就多二十分钟吧,好东西是值得等待的。日本人是最讲究仪式的。一盘河豚上桌,都装点成艺术品,何况美味的处女。

二十分钟后,厨房的门开了,一群穿黑色水手裙、戴黑礼帽的年轻姑娘走出来,她们微垂着脸,像恼恨自己的发育的处女那样含着胸,每人的胳膊肘下,夹着一本圣歌歌本。

她们是南京城最漂亮的一群"女学生"。这是我想象的,因为女学生对她们是个梦,她们是按梦想来着装扮演女学生的,因此就加上了梦的美化。

再说,南京这座自古就诱陷了无数江南美女并把她们变成青楼绝代的古城,很少生产丑陋的窑姐,丑女子首先通不过入门考核,其次是日后会降低妓院名望,甚至得罪客人。所以在电影尚在萌芽时期的江南,盛产的穷苦美女只有两个去处,一是戏园,一是妓馆。

我姨妈书娟没有亲眼看见赵玉墨一行的离去。后来是听法比说的,她们个个夺目。

赵玉墨个子最高,因此走在队伍最后。

英格曼神甫走上前,给每个女人划十字祈求幸运。轮到赵玉墨了,她娇羞地一笑,屈了一下膝盖,惟妙惟肖的一个女学生。

英格曼神甫轻声说:"你们来这里,原来是避难的。"

"多谢神甫,当时收留我们。不然我们这样的女人,现在不知道给祸害成什么样了。"法比这时凑过来,不眨眼地看着玉墨。玉墨又说:"我们活着,反正就是给人祸害,也祸害别人。"她俏皮地飞了两个神甫一眼。

法比为女人们拉开沉重的门。外面手电筒光亮照着一片刺刀的森林。少佐僵直地立正,脸孔在阴影中,但眼睛和白牙流露的喜出望外却从昏暗中跃出来。法比从来没想到他会拉开这扇门,把人直接送上末路。把一个叫赵玉墨的女子送上末路。

法比想,这个叫赵玉墨的女子错过的所有幸运本来还有希望拾回,哪怕只拾回一二,哪怕拾回的希望渺小,但此一去,什么也拾不回了。这样想着,他心里酸起来。他染上中国人的多愁善感,是小时候阿婆带他看中国戏曲所致。阿婆在他心灵中种下了多愁善感的种,是啊,种是可以被种植的,种也会变异。

一辆卡车停靠在烧死的树边,卡车尾部站着两个日本兵。等到第一个"女学生"走近卡车,他们一人伸一只手,架住她的胳膊,帮她登上梯子。不要他们帮忙是不行的,他们立刻把枪刺横过来,挡住退路,限止动作。

少佐跟在玉墨旁边。

法比在三步之外跟着他俩。

英格曼神甫站在教堂大门口,许多天不刮的胡须使他的容貌接近古代人,或者说更脱离人而接近神。

我想象英格曼神甫在那一刻脑子空空,只盼着这场戏顺利进行,直到结束,千万不要节外生枝,他经不住任何意外枝节了。

他目送一个个"女学生"登上卡车尾部的梯子,消失在卡车篷布后面,从她们的身材、动作他基本能辨认出谁是谁,但叫不出她们的名字。他有点后悔没问一声她们的名字——是父母给的真名字,不是青楼上的花名。他只记得一个名字,就是赵玉墨。这大概也不是她父母给她的名字。他永远也不会知道,赵玉墨宁可忘掉亲生父母给她取的名字。

当天晚上的晚餐是烧糊了的土豆汤。陈乔治死去之后,大家就开始吃法比的糊粥、糊汤。不同的是,这顿晚餐分量极足,每个女学生都吃双份。下午法比在准备晚餐时,并没有料到那十三份汤将多余出来。女学生们终于实现了她们这些天藏在心底的祈祷:让我饱饱地吃一顿吧,别让那些窑姐分走我的粮食了。她们没想到,她们的祈祷被回复了,是以如此残酷的方式回复的。她们一勺一勺地吃着土豆汤,书娟偷偷看了一眼对面的苏菲。苏菲脸上一道血痕,是混战时被指甲抠的,那道血痕是苏菲麻木的脸上唯一的生动之处。谁也没有发感慨:啊,那些女人救了我们。也没人说:不晓得她们活得下来不? 但书娟知道同学们跟她一样,都在有一搭无一搭的忏悔:我当时只是想吃饱,没想到我的祷告对她们却成了恶毒咒语。

还需要一些时间,需要一大截成长,她们才能彻底看清这天晚上,这群被她们看成下九流的女人。

晚餐前,法比·阿多那多带领她们祈祷,然后他匆匆离去了。

夜里十二点,法比从外面回来,身后跟着一个高大的西洋女士,学生们认识她,此刻轻声称呼她"魏特琳女士"。女士和法比一样,说一口流利的中国话,手势眼神也像中国人。她带来了一个理发师给女孩们剃头。两个小时之后,一群小女生成了一群小男生。魏特琳女士是乘一辆救护车来的,凌晨离去时,救护车里运载了一车穿着条纹病号服的少年病号,"他们"个个面黄肌瘦,眼睛呆滞无光,条纹病号服飘飘荡荡,看起来里面像没有一具实质的身体。

我姨妈和同学们扮成染了传染病的男孩,在金陵医学院的病号房藏了两天,又被偷偷地送到南京附近的乡下,再从那里乘船到芜湖,而后转船去了汉口。法比·阿多那多一路护送,身份从神甫变成了监护"医生"。谁也没想到,那次临时的职业伪装永久地改变了法比的身份。半年后他回到南京,辞去了教堂的职务,在威尔逊教会学校教世界历史和宗教史,在其他大学零散兼课,那十三个被秦淮河女人顶替下来的女孩中,唯有我姨妈孟书娟一直和他通信,因为她和他都存在一份侥幸,万一能找到十三个女人中的某一个,或两个,即便都找不到,得到个下落也好,别让他们的牵记成为永远的悬疑。

十七

　　审判战犯的国际法庭上，我姨妈孟书娟认为她见到的那个面目全非、背影如旧的女子就是赵玉墨。孟书娟给当时在美国的法比·阿多那多写了封信，告诉他赵玉墨还活着。法比的外祖母是一九四五年十月去世的，给孤儿法比留下了一点房产，法比去美国是为了变卖它。我姨妈在信里告诉法比，赵玉墨如何否认自己是赵玉墨，法比的回信一个月之后到达，他说也许赵玉墨只能成为另一个人才能活下去。

　　随着日军在南京屠城、强奸的事件渐渐被揭示，渐渐显出它的规模，我姨妈对赵玉墨的追寻更是锲而不舍。她认为她自己的一生都被一九三七年十二月的七天改变了。她告诉我，离开教堂之后，她和同学们常常冒出窑姐们的口头禅,或冒出她们唱的小调,那些肮兮兮的充满活力的小调居然被学生们学过来了,全是下意识的。偶然争吵起来,她们也不再是曾经的女孩,变得粗野,个个不饶人,你嘴脏我比你还脏,一旦破了忌讳,她们觉得原来也没什么了不起,男人女人不就那一桩事?谁还不拉不撒?到了想解恨的时候,没有哪种语言比窑姐们的语言更解恨了。那之后的几个月,法比·阿多那多费了天大的劲,也没能彻底把她们还原成原先的唱诗班女孩。

我姨妈跟我说到此,笑了笑:"法比哪里会晓得,那对我们是一次大解放,我们从这些被卖为奴的低贱女人身上,学到了解放自己。"

在我二十九岁那年,我姨妈孟书娟完成了她对十三个秦淮河女人下落的调查。

赵玉墨是十三个女人中唯一活下来的,也是她证实了那次日本中高层军官如何分享了她和另外十二个"女学生"。其中有两个企图用牛排刀反抗,(从威尔逊教堂餐厅里带走的牛排刀)但反抗未遂,当场被杀害。其余十一个女人在日本军官享用够了后,又被发放到刚刚建立的慰安所,两三年内,相继死去,有的是试图逃亡时被击毙的,有的是染病而死,个别的自杀了。赵玉墨的幸存大概应该归她出众的相貌和格调,享受她的都是中下层军官,因此对她的把守渐渐放松,使她终于逃跑成功。大概她是在做了四年慰安妇之后逃出来的，至于她为什么要整容，我姨妈一直找不到答案,我也找不到答案。

图书在版编目（CIP）数据

金陵十三钗/严歌苓著. —西安：陕西师范大学出版总社有限公司，2010.9

ISBN 978-7-5613-5256-4

Ⅰ.①金…　Ⅱ.①严…　Ⅲ.①长篇小说–中国–当代　Ⅳ.①I247.5

中国版本图书馆 CIP 数据核字（2010）第 167748 号

图书代号：SK10N0946

责任编辑：　周　宏
版型设计：　祝志霞
出版发行：　陕西师范大学出版总社有限公司
　　　　　　（西安市长安南路 199 号）
邮　　编：　710062
印　　刷：　北京嘉业印刷厂
开　　本：　787×1092　1/16
印　　张：　14
字　　数：　118 千字
版　　次：　2011 年 6 月第 1 版　2011 年 6 月第 1 次印刷
书　　号：　ISBN 978-7-5613-5256-4
定　　价：　29.80 元

注：如有印、装质量问题，请与印刷厂联系